講談社文庫

台所のおと

新装版

幸田 文

講談社

目次

台所のおと

新装版

台所のおと

佐吉は寝勝手をかえて、仰向きを横むきにしたが、首だけを少しよじって、下側になるほうの耳を枕からよけるようにした。台所のもの音をきいていたいのだった。台所で、いま何が、どういう順序で支度されているか、佐吉はその音を追っていたい。台所と佐吉の病床とは障子一枚なのだから、きき耳たてるほどにしなくても、音はみな通ってくる。けれどもそこで仕事をしているのがあき一人きりのときは、聞く気で聞いていなければ、佐吉の耳は外されてしまう。あきはもともとから静かな台所をする女だが、この頃はことに静かで、ほんとに小さい音しかたてない。いまも手伝いの初子を使いに出した様子だから、あき一人である。女房のたてる静かな音を追っていると、佐吉は自分が台所へ出て仕事をしているような気持になれる。すると慰められるのだった。

痛みや苦しみがあまりない、ぶらぶら病気を病んでいれば、実際手持ぶさたなのだ。だから、身は横にしていても、気持がそれからそれへと働いていけばうれしいのである。こんなに寝込んでしまうつい一ヵ月前までは、ずっと自分が主人でやってきた、手慣れた台所仕事なのだ。目に見ずとも音をきいているだけで、何がどう料られていくか、手に取るようにわかるし、わかるということはつまり、自分が本当に庖丁をとり、さい箸を持って働いているに等しいのだった。週刊誌もくたびれるし、ラジオも自分の好みのものをいつも必ず放送しているわけではないし、なによりもいちばん病む心憂さの晴れるのは、台所の音をきくことだった。

しゃあっ、と水の音がしだした。いつも水はいきなり出る。水栓をひねる音はきこえないのである。しかし佐吉は、水が出だすと同時に、水栓から引込められるあきの手つきをおもいうかべることができる。そんな手つきなど今迄に注意しておぼえたことはないのだけれど、しょっちゅう見て目の中に入っていたのかとおもう。あきは中指と親指だけをかけ、あとの三本は頑固なように結んで、水栓を扱うくせがある。

水栓はみんな開けていず、半開だろうとおもう。そういう水音だ。受けているのはいつも使っている洗桶。最初に水をはじいた音が、ステンレスの洗桶以外のものではなかった。水はまだ出しつづけになっている。きっと桶いっぱいに汲む気だろう。水の音だけがしていて、あきからは何の音もたってこない。が、佐吉には見当がついている。なにか葉のものの下ごしらえ――みつばとかほうれんそう、京菜といった葉ものの、枯れやいたみを丹念にとりのける仕事をしているにちがいない。その仕事は、障子の仕切りを越して聞えてくるほどの音は立てないから、あきから何のもの音もきこえてこないのだ。葉ものごしらえをしているとすれば、もうじき水は止められる筈だ。なぜなら葉ものの洗いは、桶いっぱいに張った水へ、先ずずっぷりと、暫時つけておいてからなのだ。浸しておくあいだは、呼吸を十も数えるほどでいいのだが、その僅かのひまも水の出しっぱなしはしないこと、というのが佐吉のやりかたで、佐吉は自分の下働きをしてくれるひと誰でもに、その方式をかたくまもらせていた。無論あきがその手順を崩したことはないし、決して無駄水を流すような未熟なまねはしなかった。だから、桶はもうじきいっぱいになるし、そこで水音がとまれば、あきが葉ものごしらえにかかっている、という見当づけは多分あたるのだが――やはり水はとめられた。あきは棚のほうへ移ってなにかしている気配で、やがてまた流し元へもどると、今度は水栓全開の流れ水にして、菜を洗いあげている。佐吉はその水音で、それがみつばでなく京菜でなく、ほうれんそうであり、分量は小束が一把でなく、二把だとはかって、ほっとする安らぎと疲れを感じる。

「きょうはどこだっけな?」

「小此木さん三人の、小部屋のほうは塚本さんだけど。」

「気をつけろよ。小此木さんはちょっぴり文句屋だ。」

「ええ——そりゃそうと、あなた気がつきませんか? うちの初子、塚本さんとこの上田さんに気があるらしいんだけど、あたしはどうも上田さんてひと、虫が好かなくてねえ。」

「うむ。でもまあ、初子が虫が好くのなら仕方もないしな。どうとかあったっていうのか?」

「いえいえ、そんなのじゃない。まだ、初子の気が浮いてるようだ、というだけの私のカンなのよ。形になんかなってるものではないとおもうわ。」

うわさの初子が帰ってきた。初子ひとりが入ってきただけなのに、なんとなくあたりに賑やかさが出る。賑やかというより、ざわつきといったほうがいいだろうか。佐騒々しい娘ではないのだが、若いからどことなくざわつきがからだについている。佐吉は今迄初子を静かな娘だと思っていたのだが、病んでからよく見てみると、それほど静かではなくて、やはり結構ざわつきを発散していると気づいた。若さのせいだとおもう。若さというのは、いつでもすぐ今以上に、騒ぎだせる下地があることかなあ、などと自分の若い頃も思い出させられたのであり、初子の若いざわつきが病気の癇にさわるとき、叱言を我慢してやったりしているのである。初子が上田を好いているらしいというのは、さっきあきに聞いてはじめて知ったことだが、恋ごころなどがあっては、大ざわつきを振りまいて歩いているのと同じだから、病人のおれがうっとうしく感じるのは当り前か、と苦笑がでる。

佐吉の病気は、去年の秋からだ。秋はやくに風邪をひいた。売薬一瓶を何錠かあましてなおったが、あとにへんな疲労感があってとれなかった。本病の風邪はさしたことがなくて、病みづかれのほうがしつこく停滞し、けだるがった。根気が減り、顔色が沈んでしまい、食事がすすまず、痩せた。夏の暑さまけを持ち越しているのだ、と自分ではいっていた。ちょうど店の忙しくなる時季だったから、休んでもいられず、市場へは毎日買出しにいった。こたえるらしかった。仲間が、ついでに仕入れしてきてやる、といったが佐吉はでかけた。その痩我慢はたたったとおもう。正月の小豆がゆから床についた。その時やっと医者へいった。医者は胃だと診断した。食事の制限が命じられ、東大あたりでよく検査してもらえといわれた。

なか川、という小さい料理家を、あきと初子を助手に、やっていた。姓からとった屋号だった。客室は八畳と四畳半の二た間。五人か、詰めて六人しか客はとれないが、それで丁度いいのだった。戦後すぐに建った、バラック住宅のひどいものなのだが、安く買って安い手入れをして、体裁よく住み、都合よくした。だから家のまん中の床《ゆか》をおとして台所にし、台所の両側へ茶の間と奥の四畳半を一列におき、廊下をはさんで八畳とはばかりという間取りである。まわりは中小のメリヤスや木綿品の問屋が多く、少しはなれたところにはいい料亭も並んでいるが、なか川はなか川で重宝がられている。けちなうちだが、家より佐吉の味のほうがずっと上なので、そこが気に入られていた。佐吉は承知していて、どの客へも自分の神経を使った料理を出した。そして、病んでつくづく思うのは、自分は食べものをこしらえる他には用のない男で、それをしている限りは手持ぶさたはなかったし、慰められていた、ということだった。海老もみつばもいじれなくなった手持ぶさたは、ほんとにやり切れない。あきと初子が店を休まずに続けている、せめてそのもの音だけでもきいて、自分もそこに立ち働いている気になれば、いちばん心憂さがしのげるのだった。

それにしてもあきは、ほんとに静かな音しかたてなかった。その音も決してきつい音はたてない。瀬戸ものをタイルに置いて、おとなしい音をさせた。なにやら紙をかさかいわせることもあるし、あちこち歩きまわりもするが、それがみな角を消した面取りみたいな、柔かい音だ。こんなにしなやかな指先をもっているとは思わなかった。いつの間にか自分の教導がきいていて、おそろしいものだ、これほど上達したにちがいない、と佐吉はおもう。

あきは佐吉と二十歳も年齢のひらきがあり、互に何度目かの妻であり夫である。終戦の荒涼の中で知りあい、結んで十五年がまたたく間にたっている。ほっと息をついているうちに、十五年も経ってしまったといいたい。それ以前のあきの年月は、ただもうひどいものだった。両親の顔を知らないし、育ててくれた人も、素姓のはっきりしない寡婦だった。針仕事を生活のつなにしていたが、気がかわり易く、時々針をじれったがって、女人夫になったり、食堂の下ばたらきになったり、「気でもかわり易くなければ、とうに押し詰って死んじまった筈だ」というのだった。転々と定まらない居場所へ、転々とついて行き、ついて出たのをあきは忘れられない。そのあげく、あきはふっと誘われてそのひとを離れた。子守りに出た。渡り歩くことは見習ってあったから、こまりはしなかった。だが、住む場所がほしかった。育ててくれたひとはえらかった、と思うのである。転々とはしたがいつも場所なしではなかった。あきがどこへ行っても、奉公先を自分の場所とは思えないのは、あのひとがいつも、自分の場所を確保しつつ歩いていたからだとおもう。

場所は、男と世帯をもつことによって与えられた。これで休むことができると思ったが、男の母親は、あきがつとめをやめて、収入をなくしたことを不満がった。酒にだらしのない、グズ酔の男だった。みごもっても二度とも流れた。流れてちょうど好都合に思えた。そこにそうして何年かいられたのは、常にいつでも何処へでものがれて行けばいいのだ、という漂泊性があったからで、逆に落ちついていられたらしい。アメリカの爆弾が降ってくる時、あきはひとりで暮していた。これで焼け死ねば、自分という人間のいたことなど、誰もおぼえていなかろう。誰かにおぼえていてもらいたい、という思いがあった。

戦中戦後を通じて、ヤミ屋は強い生きかたをしていた。ヤミとかつぎをする女たちが多かった。あきもそうなった。仲間のなかに佐吉がいた。若くはなかったが、元気で、これから生活をたてていこうとする活気があった。本能的に、今度こそ見つけた！　という気がした。いっしょになった。仲人も親類も誰もいず、祝儀のまねごとさえもない晩だったが、佐吉は思いだしたように配給の芋を持出し、鶴亀を刻み、庖丁の人間の心ゆかせだ、と笑った。そのとき、あたりがしいんとして、深夜のようだったことを、あきはおぼえていた。

あきは重く沈みこむ気持と、緊張から来る軽快なような気分とをいっしょに持たされていた。佐吉の病状を医師からきかされて、知って以来である。十日ほど前に、来診した医者を出入り口まで見送った時、「御病人には知らせないで、ついでのとき病院のほうへお寄りいただきたい。お話があります」と、小声にいわれて察しはついた。

医師は、佐吉に兄か弟か息子か、あきに男きょうだいがいるか、と身元しらべのようにきいた。ないというと仕方なさそうにした。このことは妻の病気の場合は夫にいうが、夫の場合は男親、男きょうだい、息子に話すのが至当で、奥さんにはいわないようにするものなのだが、誰もいなくて夫婦二人きりでは止むを得ない、といっておいて、病人はなおりがたい、と告げた。そしてあきに、絶対に当人にはさとられないように、と念を押し、男はこの点を固く守れるのだが、女のひと、ことに奥さんは感情的になったり、忍耐ができきれなかったり、不注意だったりして、結果がまずくなり勝ちだし、奥さん自身にもとても切ない思いをさせることになるから、それで医者は心配する。だが、お見うけしたところ、あなたは芯がしっかり者だとおもうから、どうかこの悲しみをよくこらえて、看病とか夫婦の情とかはここ一番だという気になって頑張ってくれ、といった。あきは、医者とはへんなことをいうものだ、と佐吉のなおりがたいことを悲しむと同時に、医者へぼんやりした不快をもった。そんなに頼りないという女房へ、なぜ苦労して話すのか。だまっていればいいじゃないか。なおらなくなった時に言ってくれてもいいのに、という気がした。

だが、うちの敷居をまたぐと同時に、知ってしまった者の覚悟が強いられていることを感じた。敷居まで来て、うかとそのままの表情では佐吉の病床には行けず、初子にも心を構えなければならないと気づいたのだった。それはひとに悟られまいために、取り繕う偽りの苦しみであり、自分ひとりだけが知っているための孤独であった。しかしその苦しみ、その孤独は、嚙みしめると底深くに夫婦の愛が存在していることがわかる。あきは自分がいまは確かに佐吉を庇い、いたわってやっていることを自覚する。愛は燃えるものと思っていたが、そうばかりではなくて、佐吉をおもえばあきの心はひっそりとひそまり、全身に愛の重量と、静寂を感じた。

だがまた、これはどういうことだろう。愛情をみつめれば心はひそまるものを、重病に眼をむければ、ひそまっていた心は忽ちたかぶり緊張し、気持に準じて手足も身ごなしも、きびきびと早い動作になろうとする。そしてそれはなかなかに悪くない感じなのだった。軽快であり、なにかこう、勇んでいるような趣きがあった。気高くなったような気さえする。気に入った感じがあるのだ。これはどういうことなのだろう？　佐吉のこの状態を目の前にしていて、なぜこんな「気に入った感じ」で張りきるのか。嬉しい感じ、だとまではいえないが、似たような弾みがあった。

けれども、この軽快さや、弾んだ張りきりは、実にしばしば医師の警告を破らせそうにするので、あきはその度にあぶないブレーキを切らせられる。誰にも悟らせるな、自分だけ承知していろ——は、気が張りきり、身が軽快になっているとき、ふっと、しばしば言ってしまいたくなる。しゃべりたさがはみ出してくる、とでもいえばいいかもしれない。あきははっとし、あぶなかったとおもう。だから、だんだんにあきは不安ももたされはじめた。佐吉にも初子にも、その他の誰にも、何ひとつしゃべっていないに拘らず、知られていはしないか、悟られたのではないか、自分が知っていて知らないように装っているのと同様、ことに当人の佐吉は、悟っても悟らないふりをしているのではないか。それが絶えず不安で疑わしくなり、なるべく立居もひっそりと音をはばかり、まして台所の中では、静かに静かにと心がけ、音をぬすむことが佐吉の病気をはばむことにもなるような気がしてきた。

気がはやってきたときは、坐ればいいのだ、とあきは自然に会得した。軽く動きたくなるからだをそこへ据えつけ、人と口をききすぎないために、帳面つけをはじめればよかった。そうしていると気の逸りはおさめやすいように思われる。

愛情のおもりで心のひそまるほうは、どう処置していいかわからない。そんなときには佐吉のそばへも行けないし、立って台所へ出てみても効果はなかった。ただ、客が来ていてそちらへ料理を出しているあいだは、のがれていられた。自分から作る忙しさではまぎれなくて、人に強いられる忙しさや労働でなら、しのぎがつけやすいようだった。それにもうひとつ、初子が道具になった。役にたつ。初子は佐吉の病気をちっとも気にかけていず、年齢と季節のせいだから、春になれば起きるさ、といったふうに決めきっていた。つまり、初子にとって佐吉は、寝ていても起きていてもそう関係はないらしい。初子はまた、あきの心の中へも入ってこようとしない。見なれ、つきあいなれしたおかみさんだ、というだけであり、それ以外に観察したり推測したりする気はちっともない。主人夫婦のことなどより、自分のことで溢れんばかりなのだろう。そこがあきの役にたつ。初子に話しかければ、初子はいくらでも自分のことだけを、砂利トラックのように勢よく話しつづけた。それはあきには一種の救助になった。そんなふうにあきは手さぐりで少しずつ自分の道をさぐっていき、佐吉にもこれといった変化もみえない。

　風のある日だった。冷えが強かった。いやな晩には客も早く立つ。残り火に気をつけた。初子が奥の四畳半へそっと箒をあてている。客の立ったあとひと箒なでて、そこへ寝る習慣だった。あきもそうそうに割烹着をぬいだ。枕につくと風と寒さがよくわかった。まわりに二階や三階があって、かえって風はよけないのだ。窪みへ吹きおろされると、枕と襟のあいだがつめたい。

「あなた大丈夫？　すきま風あたらない？」

「ああ。」

「――こんな晩はほんとに、寝るぞ根太、頼むぞ垂木という気がするわねえ。なにごとあれどまもれ家の棟。ふふふ。」

　段を一段おりたようにすとっと、あきは眠り入った。だがすぐそこ――あなた起きちゃだめ、待ってて、初ちゃあん初ちゃん！　あきは足袋をはいた時に、はっきりと慌覚めるなり、火事とわかった。うちではなかった。だがすぐそこ
てから抜けた。焼けない、と思った。起きかえっている佐吉へ、丹前をかけ毛布をかけてやった。初子が立っていた。誰かがどどどと、小門をたたく。はっとおびえる。

火がまわった、とおもう。叩いている。無理な改造のために、この家は出口が一方しかなかった。

「あなた!」しごきをもって、あきは佐吉へ背をむけつつ、初ちゃん、手拭ぬらして持ちなさいと叫んだ。玄関のガラス格子が叩かれた。誰か男が初子をよんでいる。

「あ、秀さんだ」初子はとんでいった。折返してさかなやの秀雄が、初子へかさなるようにして入ってきた。秀雄はおかみさんと顔があったとき、へんなふうにはにかんで赤くなり、大丈夫なんだ、もう消えるから逃げなくていいんだ、といった。地鳴りのような、とどろとどろした音がかぶさっている中に、案外はっきりと遠い人の叫びがきこえ、一瞬みな黙っていた。

「火元、どこ?」

「質屋の筋むこう。塚本さんの倉庫だって。」

「え? 塚本さんて、メリヤスの?」

「よく知らないけど。」

佐吉は、きいて来い、と女房へ顎をしゃくって、横になった。秀雄がすぐ立っていった。茶棚の上においた懐中電灯の暗さに、佐吉の顔は深いくまをつけていた。酒屋が見舞にき、続いて人が来た。冷酒をだした。あの塚本の倉庫だという。つい去年の暮、押しつまってそこが売りに出され、塚本が買うと同時にしもたやのまま、臨時に倉庫がわりに荷をいれていたものだった。佐吉は、取り敢えずの見舞に、有り合せで幕の内弁当をつくれ、といった。取り込みの中だから、いれものは大皿や重箱ではなく、バットの新しいのへ銀紙を敷いて、お使い捨てになさって下さい、というのだ、とも指図した。

初子に酒をもたせ、あきが包みとぬっぺい汁の琺瑯《ほうろう》ずんどうをさげて、本宅のほうへ見舞にいったのはまだ暗いうちで、空気は容赦なく冷えきっていた。塚本商店の表は予想通り混雑していた。勝手口へまわろうとすると、あなたどちらから？　ときく男があった。へんだと思ったが説明して通った。台所で思いがけないことをきいた。上田に放火の疑いがかかっている、という。初子がぶるぶるふるえて、あきの袂をつかんでいたが、帰る道では泣いていた。

「およしよ、往来で。うっかり泣いていて、誰かに疑われちゃ困るじゃないの。上田さんのあんないやな噂は、そこいらじゅうに拡がってるだろうし、あたし達があの人と顔なじみだってことも、なんとなく知れていくだろうしね。あの朝、泣き泣き歩いていたなんて噂がたつと、あんたが何か知ってるんじゃないかって、うたがわれるわよ。」

初子はびっくりして振りむいた。

「それとも、どうかして？」

激しく首をふった。

「ねえ、初ちゃん。あんたあの人のこと、ちょっといいなって思ってたんでしょ？　あたしにはそんなふうに見えてた。お見舞に連れていくといったら、あんた浮き浮きして、上田さんもてんてこ舞いに忙しいんでしょうねなんて、いってたわね？　いえ、いいのよ、好きなら好きで——。だから震えたり泣いたりしちまうんでしょ？　そこがあたし心配なんだわ。お互に話しあってて、恋人同士だっていうなら、話はまた別になるけれど、こっちの心の中だけで好きだと思ってるくらいなことを、世間で噂たてられちゃ、ばかばかしいと思わない？　しかもいい事柄じゃなしね。」

やはり、娘の淡い恋ごころ、といったところだと判断した。

あきはさっきから、ゆうべのさかな屋の秀雄の顔を、何度もくり返して思い合せていた。この辺ではかなりいい魚屋の三男で、中の兄は会社づとめだった。なか川では、仕入れは佐吉が河岸へ出かけたから、ここからは取っていなかったが、急な入用のときは使ったし、魚屋と料理人は取引のあるなしによらぬつきあいがある。ことにこのところ、佐吉が仕入れを怠りだしてからは、あきはここへたのんでいる。河岸からの仕入れも頼むし、店のものも買う。

だが、なぜゆうべの火事に、秀雄があんなにいち早く駈けつけてくれたか。なじみとか出入り先とかいうことなのか。それならなぜ茶の間まであがってきたろう？　さっとあがった、というようにして入ってきたとおもう。あの時秀雄はもう、火事は消えるから大丈夫、と知っていたのだから、もし単に得意先への見舞というだけなら、玄関で挨拶すればいいのではないか。それに、あきは彼をうちの中へあげたことは一度もなかった。彼のほうはそれほど親しいと思っていたのだろうか。それとも火事という異常のせいだろうか。それにしても彼が小門をのりこえ、玄関をたたいて、なか川さんとは呼ばずに、初子を呼んでいたし、茶の間で火事の情況をはなしたあと、ふとみせたはにかみの態度は、なにかわけを含んでいるだろうか。初子がいつも使いに行くから初子を呼んだまでだし、初子も火事で恐怖している時、頼りになる青年の見舞をうければ、何も彼もなく茶の間まで連れてきたとして無理はない。どこもおかしくはない。でもなにか、二人の間にはあるといった感じがするのだった。秀雄は初子を好いていないか？　ちょうど初子が上田をほんのり想っていて、放火の嫌疑などという突然のショックで思わず泣いてしまったように、秀雄が初子を好もしく思っていて、近火という突然があれば、小門も越え、茶の間へ現れてもおかしくはなかった。

なか川には、火事の翌日に予約があった。あきはゆうべの興奮のあとで、からだも気持もぐんなりして、台所へ立つのがいかにも億劫だった。休みたいと思った。台所はまた、あきを億劫がらせるだけの、品がすれをしていた。ゆうべの見舞に、ありものは惜しみなく使いあらしていた。料理屋から持っていく見舞のたべものは、どんなに急場のあり合せだとはいえ、かえってその急場の有合せゆえに店の品評をきめられるものだった。これだけしか才覚がなかったのか、と決められるのは辛かった。それだから佐吉は、材料をあとへ惜しむなと指図したのだし、その点はあきも佐吉によく似たものの思いかたをする性質だった。けれども使い減らしたあとの台所は、ちょっと億劫なのだった。表面はいつもの使い易くしてある台所とちっとも変らず、冷蔵庫の把手も拭きあげてあり、戸棚も曳出しも整頓され、流しもとも広く片付き、ふきんは乾いていた。料る人がそこへ立ちさえすれば、料理はさわりなく進行するように見えている。だが内容は荒れて、潤沢ではなくなっている。品うすの台所は働きづらい。料理の材料はそれぞれに、時間を背負っているものだ。今日こしらえていいものもあれば、昨日から仕込んで今日使う二日の味もあるし、何ヵ月もの貯蔵の味もある。きょうのあきの台所には、二日の味がまるで欠けており、それは気おもくなることだった。予約は毎月一回きめて来てくれる、常連ともいうようなメリヤスの仲買さん達で、むしろゆうべの近火は承知の筈だったから、断る理由は一応たつのである。しかし、それにしても佐吉に無断では休めない。佐吉は笑った。

「やっぱりそうだったな。」

「なにがやっぱりなの？」

「いえさ、火事のせいにするなってことよ。おれはこのあいだから、おまえがちいっと調子がよくないと思っていたんだ。」

「なんのことさ？」

「火事でくたびれたから休みたいというんだろ？　そこさ、そこが思い違いというものなんだ。火事じゃない。もっと前から調子が悪くなってるんだ。おれは気がついてたけど、おまえ神経がまいってるんだよ。」

あきはひやりとする。

「冗談じゃない。神経なんぞどうもしてやしないわ。」

「まあ、無理もないさ。おれが出られないんだ、今迄おまえが芯になってやったことはないんだから、一人になれば骨が折れるのも当り前だ。それに店が忙しいばかりでなくて、おれにも手がかかってる。医者の出はいりだ、薬だと小間用がふえてるから、だんだん持ち重りがしてきてるんだよ。火事のせいだけにはできない。」

「それならなおのこと、言訳のきくきょう一日だけは休みたいけど。」

佐吉はからかうように微笑する。

「休んでみな。一日分は言訳があるが二日目はないぜ。ところが一日休むと、二日目はもっと休みたくなるものなんだ。今日までにおれは何度もおぼえがあるんだが、神経がだんだんにしなびてきた時には、休んじゃだめなんだ。二日目にはガタっと気後れがして、もう欲も得もなく愚図ついちまうんだ。一日休めばらくになると思うところが、しろうとの浅墓だ。でもまあ、たって休みたけりゃ休んでもいいさ。」

「そんなことといわれちゃ、休めないじゃないの。」

「正直にいえば休んでもらいたくはないね。ここで一日だけ休みたいなんていいだすんだから、おまえさんもまだ素人なんだねえ。ずいぶんよくおぼえてきたようだけど、まだもっと引きが強くならなくっちゃ、長い商売はむずかしい。どうもこのあいだからそんな気配だったよ。」

「なんです、その気配というの？」

「いえね、台所の音だよ。音がおかしいと思ってた。」

あきはまたひやりとする。

「台所の音がどうかしたの？」

「うむ。おまえはもとから荒い音をたてないたちだったけど、ここへ来てまたぐっと小音《こね》になった。小音でもいいんだけど、それが冴えない。いやな音なんだ。水でも庖丁でも、なにかこう気病みでもしてるような、遠慮っぽい音をさせてるんだ。気になってたねえ。あれじゃ、味も立っちゃいまい、と思ってた。」

「いやねえ、人のわるい。それならそうと、いってくれればいいのに。小音だの遠慮っぽい音だなんて、遠まわしなことといわずに、おまえは下手だから、こうやりなっていってくれればいいのに。こっちはそんな、音がどうしたかこうしたか、気にしてるひまなんかない。ただもう、あなたが起きられるまでの代理だ、つなぎだと思うもので、気は張るし肩は張るし、これでも一生懸命なのにさ。」

「だからなんだよ、おかしいと思うのは。代理なら庖丁の音は立つわけなんだ。誰でも、うでの上の人の代理をつとめるときには、不断より冴えるんだ。見劣りしたくないと思うからね。俺もずいぶんあちこちで、ひとの代理ぶりを、そういっちゃなんだけど、うまくは行くまいって気で眺めていたし、自分の代理もきっと人にそういう気で眺められてると思うから、相当つらい想いも知ってるけど、どっちみち代理をしてる時には、悪くない音をたててるものなんだ。我ながら、冴えていて、いい気持のすることもあるしね。」

「そういうものかしらねえ。自分で自分の音をききわけてるってわけ？」

「――おれが出なくなって最初のうち、おまえもやっぱりいつもよりずっといい音をさせてた。ステンレスの鍋の蓋をする時なんぞ、しっとりと気の落付いた音をさせていたし、刃広庖丁でひらめを叩いてたときには、乗り過ぎてると思うほどの間拍子のよさだった。おぼえていないか？」

「そうね。言われりゃあのときの庖丁、いい気持だったわ。」

「それがほんとなんだ。あれだけうまく行ったときには、手応えが残ってる筈なんだ。手があがったというのが、きいていてよくわかった。男だとこういう場合には、まず勢のある音っていうか、すっきりした音というか、そんな音をたてるんだが、おまえのは勢とか弾みとかいうものじゃなくて、いってみりゃまあ、艶だね。今迄なかった艶がかかって、やさしい音をさせてた。」

へえ、讃められたの！　といいながらも、あきはかなわないと思い、早く話を打ち切りにしたい。こんな見方、きき方をされていたのなら、きっともはやもう感づいているだろうと思われた。知っていて知らん顔で話しているならならなおたまらない。

「それが案外はやく伸びがとまったね。もっとすんなり伸びるうでかと思ってたら、違った。ムラになってきて、いい日と悪い日があるし、ひと晩のうちでもふっと気が変るのか、さっきよくても今ぐじぐじしてる、といった台所だ。おまえは割に気がいらな女だのに、どうしてなのかと思った。近ごろはまた小音もひどい小音で、勘ぐって思えば、まるで姑にでもかくれて、嫁がこそこそ忍んでるような音にきこえるときがある。でもおれにそんな遠慮をもつわけはいくら考えてもないんだし、きっと商売とおれの看病とで、神経がまいってきたんじゃないかと思うね。」

「おどろいちゃった。料理人てものも、ずいぶん苦労性なものねえ。おかげで私も呑気にしていられなくなっちゃった。さしずめあしたからどんな音をたてりゃいいか、おみおつけひとつこさえるにも気になるじゃないの！　面倒だわ。ま、とにかく、それじゃ今日は休まないことにしましょ。その代り献立くらい考えてくれますか？　心づもりしてたもの、みんなゆうべ使っちゃったわよ。」

「うん。そりゃこういう時の、しのぎのつけ方というものがあるから教えておこう。おれももうとしだからな、死んじまっちゃ教えられない。」

「ま、縁起でもない。きょうは呆れるほど嫌なことをいうのね。これも火事のせいじゃないかしらねえ。」

佐吉はきげんがよかった。あきにはわからない。あれほどの、おどろくような確かな耳だ。ああ聞き抜いていられては、たぶんこちらの心の中は読まれているだろう。だがそうでないようでもある。悟っていてあんなにいつも通りにしゃべっていられるものだろうか。悟っていないのかもしれない。あきの台所のことはあんなによくわかるが、台所のことだからわかるので、病気はわからないかもしれない。あきが音をたてまいたてまいとしたことは、佐吉は看病と責任感とから来る神経衰弱だとしていた。

障りがあったようにも見えなかったが、火事はやはり佐吉によくなかったらしく、あの晩、懐中電灯の暗さのせいと見ていた眼の下のくまは、昼間の明るいなかでみても消えなかった。食事もまた箸が遅くなったし、瘦せた。時々うすい痛みがあるという。眠りから覚めると、動きもしないのに枕の上で眼がまわっているともいって、気色わるがった。それは貧血が強くなったせいで、病勢は早足になってきたようだと、あきは医者にきいて知った。尽せるだけの看病がしてやりたかった。でも店をひかえていては、手代りがなくては、思うように行届いたみとりはできなかった。火事の翌日一日でさえ店を休ませたくないといった佐吉だから、臨時休業などは承知しないだろうし、さりげなく客を減らすことはできるが、こういう商売では客足のへることに非常に敏感だから、それもまた病人に気苦労させることになる。入院も——それはあきがとても出来なかった。

佐吉は料理人なのだ。病院の食べもののあのがさつさ、味噌汁一椀でも佐吉は、どんなに虫を殺し我慢を強いられることだろう。かりにあきがあそこで炊事をするとしても、炊事場は共同使用であり殆どまともな役には立つまい。そしておしまいの時までそれが続くとなれば、これだけおいしくおいしくと心掛けて生きてきた佐吉なのに、最後のところは小穢い、行きとどかない、ざっぽくない食べもので終る。これでは生甲斐がどこにあるというのだろう。水一杯、が誰ものこの世の別れの味だというけれど、その水一杯は慣れた我が家の水道栓から、慣れた手が慣れたコップに盛りあふらせて——と思うともう病院など問題でなかった。とすればこのままの状態でいるよりほかなく、心ゆくまでと思うのはあきの空しいねがいだけにとどまる。

寒気はいまがいちばんきびしい時だった。菜を洗ってもふきんを濯いでも、水は氷のかけらのような音をさせた。古風な鉄なべも、新しいデザインのアルマイト鍋も、銀の鉢も瀬戸物も、みなひと調子高い音をだして触れあうのだった。この季節に庖丁をとげば、どんなに鈍感なものでも、研ぐというのがどういうことかと身にしみる。砥と刃とを擦れば、小さい音がたつ。小さいけれどそれは奇妙な音だ。互に減らしあい、どちらも負けない、意地の強い音であり、また聞きようによっては、磨き磨かれる間柄の、なかのいい心意気の合った音ともとれる。研ぐ手に来る触感も複雑だ。石と金物は双方相手の肌をひん剝こうとする気味があり、同時にぴったりと吸いつくほどのなじみかたをし、磨るに従って刃も砥も温かさをもち、石が刃に息をつかせるのか刃が石に吐きかけるのか、むっとしたにおいを放つ。あきも真似ごとに砥へ庖丁をあてはするが、本当には研げないし、なにかはしらず研ぎは避けたい気持がある。それも寒気のきびしいとき、棚に皿小鉢がしんと整列した静かな台所で研げば、研ぎに漂う凄さみたいなものがはっきりわかる。しかし佐吉の出ないこの冬の台所は、いやも応もない。本当に研げていない庖丁はすぐ切れがとまり、それだけ度々あきはいやなことをしなくてはならない。さかなやの秀雄に頼もうと思う。あきは火事以来、いつともなくひとりでに、初子と秀雄と自分とこの店とを、結んで考えはじめていた。

佐吉は佐吉でまるで別なことをいいだした。すっかり後片付けも帳つけも済んだ夜ふけ、簞笥や茶棚や小机やらにごたごたと囲まれたなかで、楽しそうにあきと眼をつなぎながら話した。家を新築しようという相談だった。明らかに火事からずっと考えていたことだろう。だが新築はもっと前からの夫婦二人の希望であり、節約はそのためのものだった。無論自分の財布だけではなく、よそからの融通も計算にいれてのことだが、それにしてもまだ大分窮屈だといっていたのを、急に建てようというのである。焼けたのなら、どんな工面をしてでも建てずにいられないのだから、と思うのだし、不意にああした近火にせまられてみると、なんだかはかなく思えて、思いこんだことは早く果したくなった、と佐吉はいう。長年こころに積みあげてきたことだけに、話しだすともう、その好みの入り口から廊下から、客室の卓までそこへ浮いてくるらしく、調理場となるとああしてこうしてと、仕方話しになる。

「どうだ？　え？　あき。」

「気に入るだろ？　あき。」

あき、あきと間《あい》の手のようにしていうのが、ひたすらに楽しげで、素直な感情が顔いっぱいに、声にまで出ている。どう見ても底に人生の一大事を承知していて、その哀しみをかくしているとは受取れない明るさなのだ。ひとには聞かせたくないんだ、あきにだけ話したいんだ、新築の基になる貯金ができたのも、あきと一緒になったからこそで、感謝しているんだ、と水入らずにおおっぴらに女房をいとしみいとしみいい続け、自分もまた嬉しさに浸り入っているようなのだった。めったに見せない極上の上機嫌で、ひと晩中でも話していたそうにみえた。興奮しているのだから早く寝せつけなくてはいけない、という心配と、今夜はこのまま喜ぶにまかせておきたい、という思いやりとに迷った末、やはり自分自身も佐吉の上機嫌に従っていたくて、心よわく看護の立場をすてた。

「お茶、あつくしましょうよ。」

「ああ、いまそういおうとしてたんだ。」

佐吉は、いまでも焙じて売っているお茶を使わせない。いまではもう茶焙じも姿を消している時勢なので、わざわざ注文して作らせ、客用にも家内用にもその都度に焙じさせている。茶だんすへ立ったついでに、見ると一時を半分まわっていた。真夜中だな、と思いつつ、茶筒の蓋を抜く。蓋はいい手応えで抜けてくる。こんな些細な缶ひとつでも、蓋のしまり加減が選まれていた。茶焙じに茶をうつし、火にかざして揺すると、お茶の葉は反り返り、ふくらみ、乾いた軽い音をさせ、香ばしく匂う。土瓶にとり、あつい湯をそそぐと、弾いてしゅうっと鳴る。あきは、番茶のうまさはそういうように、しゅうっと声をたてて呼びかけながら出てくるのじゃないだろうかといって、以来ひとつ話の笑いの種にされていた。

「起きてのむよ。」

「そう。」

こわい頭髪に寝ぐせがついていて、起きるとやつれが目立つ。

「うまい。おれは好きだな、焙じた茶が。考えりゃ一生のうちで、いちばんたくさん飲んだ茶だな。」

「そうね。あたしもこれがいちばんいい。きっと性に合ってるのね、あたしたち夫婦の。」

「そんなところだ。どっちも玉露の柄じゃないからな。」

ふっと、淋しくなって、あきは慌ててからの茶碗をおくと、病人のうしろへまわり、横になるように促した。着せかけてある丹前の、からだについていない部分や、いまのちょっとのまだけ傍へのけてあった枕だのが、ぴりっとするくらい冷えていた。さすがに疲れていて、佐吉はすぐに眠るらしく、うつつになにかいった。顔が笑っていた。のぞきこむと、気がついたように薄眼をして、もう少しよけい笑い顔をした。

「あと何日ある?」ぎょっとした。「――彼岸を越して、四月――四月だ――」相手は平安な寝息をたてており、あきはまじまじと、おさえつけて大きく呼吸していた。

あきは台所の音を、はなやかにしなくてはいけないと思った。心のなかまで聞き入っていられると思うと、気が固くなって、手も自由でなかった。遠慮っぽい庖丁の音だ、といわれたのは痛かった。はなやかな音をたてようとすれば、先ず第一に自分がそのわざとらしさに気がひけた。佐吉も見抜くだろう。けれども一日のうちの大部分を、台所の音をきいて慰めている佐吉をおもうと、ぜひ爽やかな音がほしい。料理そのものへ専念するよりほか、手段はないようであり、自分ひとりでしないで、佐吉にせつせつコーチをせがむのも手だてかと思われた。いつもは「ひとにしゃべらせるつもりになるな、自分の眼で見ておぼえろ」というのに、いまは文句もいわずやさしく教えた。あきは間仕切りの障子を半分ほどあけて、病床から調理台がみえるようにし、見られていることで緊張を強めようとまでしていた。四月とは何の時期をさしたのか聞きただしようもなかったが、あと何日ある？　という言葉がしこって、身をなげ出して何でもいい、辛いことがしていたい気なのだった。あと何日を佐吉に対して、打てば響くように、しっかり引きしまっていたいのだった。

医者は、四月ということに首をかしげただけで、返事をしなかった。仕合せなことに、胃のいちばんいいところに病巣があるから、苦痛が強くなくて大層都合がよかった。けれどもいずれは痛むだろうが、できるだけの手をつくして、苦痛をのがれさせたい。食事は小量なら好きなものなんでもいいといわれた。食事の制限が解かれたことの情なさ。

　投薬のせいか、恐れていた痛みは来なかった。その代りのように、時々ぼんやりと黙りこむようになった。あちらむきに眠っているのかと思うと、目の前の簞笥の木目をじいっとみている。ものをいい掛けても、まだ目をそらさず、カレンダーを眺めていることもある。なんのはずみでか、古い昔のことを思いだしはじめたら、くせになって、毎日いろんな想い出が出てくるという。

「あら、そいじゃちょうどいいわ。私にも想い出を話してくれていい筈よ。おぼえてる？　いっしょになったとき、あなたいったでしょ？　そのうちに御一代記全部はなしてやるから、それまで待ってろって。それでもあたしが、せめて小さい時のことだけでもといったら、おこったじゃないの。身元しらべするほどうるさいのなら、釣合わないから帰ってくれって。」

「そうだっけな。いわれりゃ想い出す。」

「あんなにひどくいったくせに頼りない。よくおぼえてないのかしら？　あたしは身にしみて、うんとよくおぼえている。きかれてもかくすほどの悪事はしてないけど、自分でさえさわりたくない淋しい傷はたくさんある、そんなことをおれはいいましゃべりたくないんだって、威張ってたじゃないの？」

「困ったね。たしかにそういった。」

「あたし懲りたから、それっきりきかないんだけど、ずいぶん長いおあずけだったもの、ちょうどいいじゃないの、想い出したついでにあたしにも御一代記話してよ。」

三月に入って定休日だった。一足飛びに、春というより初夏が来たようなばか陽気だった。病人を抱えている身にはそれがすぐ気になったが、若いひとには休日が晴天で温いのは、心のはずむことだった。初子は出かけるといって、支度をしている。秀雄が誘ってくれるからスケートをやってみるのだという。

「秀さんのところは今日はお休みじゃないでしょ?」

「ええ。でもあたしのお休みに合わせて自分も休むって。」

「まあ、素敵じゃないの。」ことさらにこにこして、あきはいった。「初ちゃん、あんた大丈夫、心の中かたづいてるんでしょうね。」

「ええ。よくわかっちゃったんです、教えてもらったから。」

「なんの話なの、それ?」

「あら、おかみさんのいうの、上田さんのことでしょ。あのこと、あたし秀さんに話したんです。そうしたら秀さん、方々から情報あつめてきて、検討してくれて、どこからいっても上田さんは才人だって。それだからきっと目につくのも当然だろうし、使いこみの放火なんかすれば、熱がさがっちまうの当り前だって。だいいちそんなの、本当の恋愛でもないし、薄情の部類にもはいらないって、笑われちゃったんです。」

「へええ。秀さん断然いいわね。どこで待ち合せるの？」

「迎えにくるっていってました。」

腕の時計をみる初子もかわいい。頬から顎への円味が、はっきりとはたち前の若さをみせている。秀雄はいまの青年らしく、年齢よりふけた扱いかたで女を導いて行くらしい。二人で滑れば楽しかろうし、似合いだとおもう。

きょうはあきは落付いて、佐吉の食事ごしらえができる。胡桃をすり鉢にかけて、胡桃どうふをこしらえようとしていた。すり鉢の音は、台所の音のなかではおもしろい音だった。鉢の底とふちとでは音がちがうし、すりこ木をまわす速度や、力のいれかたでもちがうし、擂るものによってもその分量によってもちがう音になる。とろろをすればくぐもった音をだすし、味噌はしめった音、芝海老は粘った音、胡桃は油の軽くなさを音にだす。早くまわせば固い音をさせ、ゆるくまわすと響く。すりこ木をまわすという動作は単純だが、擂るものによっては腕がつかれる。そういう時は二つ三つ、わざとふちのほうでからをまわすと、腕も休まるし、音もかわって抑揚がつく。擂る人がもしおどけるなら、拍子も調子も好きにできるところがおもしろかった。あきはすりこ木の力や速度に強弱をつけず、平均したおとなしい擂り方をするのが好きで、決してすり鉢を奔放によごさない。あきのそれは、自身の性格が内輪でもあり、佐吉の教えにもよるものだが、佐吉のそれは、性格というよりも小僧っ子の時に親方から躾けられ、きびしく習慣づけられた結果だという。

「ほかの商売のことはわからないが、台所のかぎりでは性質《たち》と習慣と、どっちが強いのか、どうもはっきりしない。賭けごとをすると柄の悪さをまる出しにするのに、庖丁だとどこまでも上品な奴もいるし、身なりもつきあいもだらしのない奴が、料理場の中のこととなるとほんとにきちっとしている。でもそれがいつの間にか崩れてきて、刺身なんかそいつの身なりと同じような、なにかこう締まらないものになったが、それで平気なんだ。教育とか習慣とかいうものは、性質で破れちまうんだ。教えた親方も損をしたし、なまじっか教えられたあいつも得したとはいえない。」だから佐吉は善悪ともに、よくあきの性質のことを気にした。子があったら、どんなに性質が心配で、習慣が心配でたまらなかったろう、という。

あきのすり鉢の、もの柔かだが小締りにしまった音は、もう止んでいた。佐吉もとうにその音から離れて、このあいだから何度も想い出のなかに現れてくる、かつての二人の女のことを思っていた。

一人は最初の女房である。これは同じ村の生れで、ちゃんとした仲人のある正式な嫁だった。屈託のない、若い結婚であり、その時佐吉はもう料理人になっていて、近くにある温泉の一流旅館につとめていた。勤めているといっても勿論一人立ちではなく、親方にどしどし使われていた。いったいに故郷の村には、昔から料理の風があった。温泉があり旅館が繁昌している影響もあり、気候が温くて海山の幸が多いせいもあって、料理の道があいているらしかった。お祭りだとか寄合いだとかいうと、すぐ男たちが俎《まないた》をだす。次男三男が働きに出て行くといえば、たいがいが何処かの縁ぴきをたよって、料理人の下働きになるのが普通になっていた。

佐吉は小さな時から、浜でこぼれざかなを貰ってきては、ひとりで干物をこしらえてよろこんでいた。小学校をでるとさっさと出ていった。その時から独立したわけだが、父親を失っていることから、世話焼きが早い嫁とりをすすめた。村では男の子は町へ出すが、女の子はすれっからしになるといって出さない。旅館でしゃきしゃきと働く女たちを見た眼には、すこし物足りない娘だと思ったが、先行きはどれもこれも同じにきつくなっちまう、といわれてそんなものかと思った。町へ連れていって部屋借りをした。ひとがよかったが、万事にのろい女だった。洗濯は佐吉のほうがうまかった。掃除も佐吉にはじれったかった。おしゃれもあまりうまくなかった。女房をもらってよけいな用がふえた。子供ができればと待ったが、できなかった。一年二年とすぐ過ぎた。のろいのにも観念して慣れれば苦にならず、人のよさにほだされて若い夫はけっこう、のろい妻を愛していた。父親はなく母親は働きに行く、淋しい家庭に育った佐吉には、そこに特定の一人がいつもいてくれるのは嬉しかった。

そのうち、いわれたことは当ってきた。先行きはどれもきつくなる、といわれたのがその通りになった。人のよさは減って、きつさは殖え、のろはそのままなのだ。それが事こまかに知れたのは、佐吉が喧嘩をして、長くいた旅館から出入りを断られ、仕方なくうちに引きこもっていたときである。洋食が達者だという触れこみで、おかみさんの遠縁とかいう男がもぐりこんでき、親方もいちいち口出しをされるし、自分も働きづらくされたので、口喧嘩から殴りあいになった。そんなことははじめてだったが、主人は女房への手前、両成敗の処置をとった。常が悪くなかったので、同情者が多く、口はすぐにかかってきた。が親方はよその筋へやりたがらず、その交渉のきまるまで遊ばせられた。

気が立っていたせいもあるが、その無為の日につくづく己が女房をみて、少年の時代とはまた違う、うらぶれた淋しさを味わった。玄関を出たところに共同ポンプがあった。なみの女房の洗濯は乾こうという午さがりに、うちの女房は盥《たらい》をもちだした。濯ぎの水がじょぼじょぼといった。外へ干さずに縁先低く干すから、なぜだときけば、夜干しになるから取りこまなくてすむ、と答えた。絞りのゆるい洗濯ものは雫をたらし、散っている紙屑へあたった。佐吉はその雫の音を、砕ける音だ、と聞いた。彼女の煮炊きの音は全部、佐吉をいらだたせた。のろはいいけど、我慢ならないことは、鍋にも瀬戸ものにも、捨鉢な音をたてさせることだった。いつもなにかが、欠けるなら欠けても構うもんか、という強がった声をあげさせられていた。食べるものをこしらえる音、ではなかった。作ろう、こしらえよう、調えようとする訓練が身についている佐吉には、そういう炊事ぶりはあてつけのように感じられ、刺戟された。もう少しあたり柔かくできないものか、と注意してみた。

「ええ、気はつけるけど――だけど、あなたもそのうちまた勤めにいくんでしょ？」

うちにいるあいだの辛抱で、また勤めに出れば互にいやなことは見ず聞かずにすむ、という寸法らしかった。佐吉はそれを愛情のうすいことだと解釈したが、彼女には愛情のなんのということではなくて、ただ、面倒なこと、としか取れず、今迄通りの暮しをすれば、面倒なことはないからそれでいいのだ、と割切ってあるのだった。それでもそれはまだ、話の形になるからましで、生理的に気色がわるくなるのは、ものの食べかただった。まえから音をたてる食べかたはしていたが、いく日もぴったり一緒にいてみて、はじめて彼女が絶えずものを食べているのにおどろいた。それも菓子やくだものを間食するのではなく、焼きざましの干物であろうと、たくわんであろうと選まない。どっさり一度にではなく、ちびちび口にいれる。副食物をそんなふうに食べているのを見ると、やりきれない哀しさが湧き、ひとりになりたいと思った。ひとりでいる淋しさのほうが、二人でくらす哀しさより呼吸がらくのように考えられ、しきりに生活がかえたかった。時機がわるいと、何遍もおもい返そうとしても、鼻についた嫌悪感はこらえられなかった。女房には無断で、仲人と母親のところへ行き、別れたいといった。親方へも立ち話の挨拶だけで、すぐ汽車に乗った。東京駅のラッシュに降り、すべて無縁の通勤人の浪に流されたときはっきりと「薄情で、勝手なのはおれのほうだ。あれもいやなところばかりの女じゃない」という線がでた。すまなさに責められた。

しばらくして母親からたよりがあって、彼女はあっさりと承諾し、届けもみな済んだ、といってきた。母親をのぞけば、故郷はもうないも同然だった。だが、落付いてみると、東京の中にも故郷の人がぽつりぽつりといた。人は故郷を離れても、故郷は人をはなさない。佐吉は女房が農家へ再婚し、すぐ子を産んだときいてからは、気が休まった。年数とともに彼女の想い出は、のろさや、図太さやはうすれて、気の毒な女、なじみにくかった女、淋しい女、という想いがある。憎さや恨めしさなら、あきにも話そうけれど、侘びしく淋しい後味を残した人のことは、償いの心からいまもってそっと、いたわっておきたいのだった。いまあずかっている初子は、故郷の出身である。そのことは誰かにきいているかもしれないが、口はかたい。あきもあるいはうすく知っているだろう。

もう一人は二度目の女房だ。これは激しい気性だった。最初のときの若い身空に、あのじれったさを我慢して、それがしみこんでいる故に、こうしたひとに気を奪われると、ちゃんとわかっていて惚れた。名のある割烹の女中をしていて、姿もその職業の人らしく、小粋だった。ひと目みれば、この顔は顔の道具だての上へ、気性が押しだしてきている、と想うほど気の勝った表情をしており、三本えりあしが自慢で、それを見せる髪型にしていた。まんという名だ。本名は不景気な名だから、呼ばれたくないのだと笑っている。強いて本名をききたがった客へ、ひん子ですといった。珍しい名だというと、めすという字はひんと読むんですってね、貧乏のひんでもいいんです、と答えて憎がられ、帳場からも叱言をくい、その叱言をまた話の種にしてふりまいた。そういう派手者である。

佐吉はこわがりながらも、その鮮やかさに惹かれていき、まんのほうはずかずかと寄ってきた。いつまでひとりでもいられないし、身も固めたい。それには自分の店がなければと思って、少しは心づもりもしてあるが、肝心の板さんで亭主になってくれる人がいないとなげかれると、佐吉は本気になった。小さくても店をもちたいと、しきりに思っていた矢先である。みんなが止せよ、吸われるぞ、といったが、止せといわれるのはけしかけられるのに似ていた。いっしょになった。が、いざとなると、まんの持ち金は話より小額で、正直にそれでつもっていた佐吉は困ってしまい、不足分をどう補うかの算段はつかなかった。そのくらい借りだせなくてどうする、というだけあって、まんはどこかで融通してきた。その時から会計はまんがみるような、自然の分担になった。佐吉もそれで七面倒なことを逃れたと思った。曲りなりに店がもてた。まんもよく働いた。働いたというより、生得はたらける女だ、といったほうがよかった。

まんは料理をおぼえようとした。器用ですぐまねができたし、いわれたことを頭でおぼえるのも早かった。ただ、あまり早くわかってしまうので、佐吉は心もとながった。じきおぼえ、じきできちまう者には、きっとといっていいほど、料理なんぞたいいしたことない、といった高あがりな根性がみえた。女房にそうなられるのなら、いっそ習ってもらわないほうがよかった。それにまんはわがままな習いかたをしたがった。下ごしらえはふんふんというだけでしない。煮えたり焼けたりする、そのあいだを待つことも嫌いだった。それでは肝心なところを見ないことになる。煮えてくる頃合というものが鍵なのに「これで火にかけて煮えてくれば、出来上りなのね。わかったわ。そいじゃ煮といてね」と鏡台の前へ行ってしまったりする。佐吉が腹をたてる。「いいじゃないの、要領だけ教えといてよ」という。これが性質らしかった。たぶんこれで客の前にいけば、相当手がけたようなもっともらしい話に、仕上がるのだろう。小手先のわざの利く、やはり才だろうか。けれども、なぜそんなふうに佐吉の話をきく必要があったのか。自分が手をおろして料理をするつもりはないようだったし、せいぜいが客への知ったかぶりくらいなものだろうに、なぜ飽きずに一年も季節の新しい材料が出るたび、目新しい料理が出るたびに、話をきいたのか。いまだにあれが何のためだったかは、よくわからない。学ぶというほど真面目なものではないが、身辺にいる者が自分より少しでものを知っていたり、持っていたりすれば、そこから自分なりに一応の、むさぼりかたをしたいのかとおもう。吸われてしまうという評があったのは、金銭や生気のことばかりを指していたのではなかったのかもしれない。もしまんでないほかの女が、そんなふうにして料理の話をせがんだのなら、許さなかったろうと佐吉はおもう。

足掛け三年、佐吉はまんといっしょにいたが、その間まんは台所で本気に働いたことは一度もない。台所へ出てきたのは、佐吉に話をきき料理をつくらせてみる以外には、ものを指図するとき、叱言をいう時、立っていてごはんをかきこむ時だけだった。だから台所で働く音をたてたことはない。最初の女房はのろくともうす穢くとも、とにかく、彼女の台所の音、をさせていた。まんには日常煮炊きの音はない。だが特別な二つの音を佐吉の耳に残した。一つは、いたずら音、といえばいいだろうか。その辺にあるものを、ちょっと指ではじく癖があった。無意識にしているようなときも、承知でしているときもあった。惚れていた最初のころ、佐吉はそれをひどく色っぽく感じたが、興ざめしてからは癇にさわった。割に大きな手で、指は付根から先まで同じ太さに伸々としていて、厚い爪が食込んでついていた。華奢でない、しっかりした指だった。その指でいたずらに台所のものをはじく。いま使おうと釘から外して、そこへおいたばかりのフライパンをさっと取ると、ぴんとはじく。薄鍋の蓋をぴぴっとはじく。ボールが出ていればボール、刳《く》りものだろうが、杓子だろうが、気のむき次第に、人さし指、中指ではじく。四本指でぱらりんとやる時もある。佐吉は顎をひいて、その音をきくまいとしつつ聞いた。そういうことをする女は、はなしにもきいたことがなかった。

まんとの終局はみじめだった。ひとくちにいうなら、佐吉がすべてを失ってしりぞき、そして終ったのだった。この時のことを後に思いかえすたびに佐吉は、人はいいかげん傷めつけられても、そうたやすくは死ぬものじゃない、とおもう。心のなかを常に綾に組んでいきたいような複雑なまんと、単純至極な佐吉との組合せは、結局はじめに人々があやぶんだところへ落ちたのである。まんは佐吉より気のたくましい、人の悪い、利口な男へ行ってしまい、その男は法にふれることなしに、奪えるだけの全部を佐吉から奪ったのである。もっともそういう結果が来る前に、佐吉はまんの不倫を知っていた。ただ、そうまでいらひどい仕方をされるとは考え及ばなかった。でも、どんなにひどくされ、みじめに捨て去られてしまっても、こちらの心の中にはどうしても、あきらめきれないものが残ってしまうことはある。まんと佐吉がもしあの時、台所でない場所にいたら、ああいう光景もあの音もなかったろうし、そうしたらあるいは佐吉はいまもまだ、まんをあきらめかねる心を抱いていたかもしれない。金銭で酷さを知る人もあろうし、権力で辛さを味わわされる人もあろうし、佐吉はまんの異常な強さを音できき取り、まんは鰺切庖丁でそれを佐吉に伝えた。

その午さがり、夫婦は台所にいた。佐吉が庖丁とぎをしているところへ、まんが来た。料理場はまん中に長く、流しと調理台とガスレンジが一列に設けられていて、佐吉は調理台の上に濡れた台ぶきんを敷き、その上に砥石を据えて研いでいた。もう研いだのも、これからのもあって、それ等はみな柄を手前に揃えてあった。ガスには鍋が二つかかって煮えており、うっすりした醬油の匂いが立っていた。流しには洗桶を受けにして、むいたグリンピースがざるにとってあった。まんは来るなり、煮えている鍋の蓋を取って、中を見、かちゃりと蓋をし、中を見、かちゃりと蓋をした。佐吉のうしろには壁へつくりつけの、浅い戸棚があって食器がいれてあり、戸棚と佐吉のあいだを通るには、からだに触れる。まんは戸棚のガラス戸をあけてコップをとり、佐吉のうしろを触れて抜けた。

「きをつけろよ。見りゃわかるじゃないか、刃物をもってるんだ」だまってまんは水栓をひねり、ゆすいでから汲んだ。流しをまわりこんであちら側へ行き、調理台へコップをおき、窓下の引戸をひくと、カルピスの瓶をだした。まぜて一気にのんだ。手がカルピスでよごれたらしく、また流しへ戻って、洗って、掛かっているふきんを取ろうとした時、袖の先でざるをひっかけた。豆はこぼれた。あらいやだ、とだけいって行こうとした。佐吉がいやな顔をあげて、手をとめた。

「おこったの？」そしてにこにこと笑った。笑った眼と不愉快な眼が料理台をはさんで見合った。二つ三つ言いあうと、すぐあけすけな、鋭い、短い言葉になった。まんがひょっと鰺切の柄をつかんで、無心のように左の親指の腹で、きれ味をためした。くるりとからだごとまわすと、引戸の上、窓下の壁へ斜にたてかけて乾してある、お櫃《ひつ》へ発止ととばした。とっ、と刃物はおひつの底へ立って、立ったままでいた。

ことばの投げあいのあと、急にふっと、無心になったようにも思えるのだし、身にそなわった異常な演技かとも思われる。そうしようとしてしたのではなく、そんなふうに異常なことがすらりとできる人なのだろう。台所で立てた、まんの音、を佐吉はきいて忘れない。想い出のなかにも、とっ、という音は、縁の切れた音としてささりこんでいるが、何年たっても腐らない音だ。けれども、あのときのまんのいる光景というものは、年とともに精彩を失って、滑稽といってはかわいそうだが、いまはおかしく映るのである。一時は気をのまれるが、おしまいにはおかしく思いだすひと、それもまたほかのひとには洩らさないでおいてやるいたわりがいる。

あきはくわいの椀だねをこしらえていた。すり卸したくわいを、箸でほそながくまとめて、から揚げにする。はなやかな狐いろになる。佐吉の好きな椀だねの一つだった。くわいはあまり油をはねず、さわさわとおとなしく火がとおる。揚げものは時によると香ばしく嗅げるし、時によるとむっと胸にくる。それを思って障子はしめてある。佐吉から台所はみえない。初子がいいにきた。

「おかみさん、旦那さんはいま、へんなことといったんですよ。雨がふってきてありがたいって。半分眠ってるみたいだから、寝言でしょうか。」

あきはすぐガスをとめて、行った。

「久しぶりの雨だねえ、しおしおと。」

やっと、揚げものの音を聞きちがえているので、幻聴ではないと判断した。とっさにどう返事をしようかと迷ったが、どうせはっきり醒めればわかってしまうことだからときめた。

「雨じゃありませんよ、あれ、油の音だったんですよ。」

「なあんだ、油か。うつうつしていたものだから、すっかりまちがえた。雨が降ればいい降ればいいと思ってたものだから、そう聞こえちまったんだ。」

「そんなに雨がほしいんですか。」

「ああ、待ってるねえ。降らないと皮膚がつらいよ、かさかさして。それにしても爽やかな音だったが、なにを揚げたの？　ああ、くわいか。もう取っ手が青味をみせてきたろ？」

「いえ、まだです。」

「でも、もうそろそろ、おしまいだ。ねぎにも人じんにも、今年もたんと厄介になったけど、みんなもうすぐ芽になる。古野菜はいまがいちばん味が濃いんだけど、うまい時がなごりの時だ。つぎつぎ消えていっちまう。」

「その代り、すぐまた芽がのびて、新しいのが出てくるけど。」

あきは今を外しては、初子と秀雄のことを持ちだす時はないとおもった。そのとき、佐吉がいった。

「あき！」

「え？」

「――芽がなくっちゃ、古株の形がわるいよね。そう思わないか？」

「――――」

ことばと声が団子になってつかえた。また佐吉が早かった。秀雄と初子はどうだ、といった。

その夜、ほんとうに雨が来た。しおしおと春雨だった。佐吉は、床の中にもぐっていても、皮膚に脂気が出て、皺がのびたようだといった。お濠の柳は青くなったか。

花屋にから松の芽吹きが出ているだろうか。あれはどこだっけね、なんでも武蔵野だった、りっぱな欅の並木があるから、見に行っておいで。その芽立ちがそりゃ見事だ。ああ、いい雨だ、さわやかな音だね。油もいい音させてた。あれは、あき、おまえの音だ。女はそれぞれ音をもってるけど、いいか、角《かど》だつな。さわやかでおとなしいのがおまえの音だ。その音であきの台所は、先ず出来たというもんだ。お、そうだ。五月には忘れず幟をたてな、秀がいるからな、秀が。ああ、いい雨だ——とえらく沢山しゃべった。

濃紺

土曜日の午後は、息子の家へいって寛ぐのが、きよの習慣になっていた。

六年前に夫を見送ったあと、息子娘が心配するのを、手に和裁という職があるから、自分の身じんまくは自分でする、といってその言葉通り一人住みなのである。娘のころからずっとひいきにしてくれる呉服屋さんが、割のいい仕事をえらんではまわしてくれるから、収入が安定していて仕合せである。弟子も、二階の二タ部屋ぶっこぬきの仕事場にほぼいっぱい、みな縁故で断りきれなかった人ばかり、だが一人残らず通い制にして、内弟子はおかない。内弟子をおいて親しくすれば、自分の気持がうじゃじゃけそうでいやだ、という。月曜から土曜の正午までみっちりと働く。五日半の緊張は、気分にもしこりがくるし、身も疲れる。気をほぐすのには、息子のうちの茶の間よりいいところはなかった。気のいい、物ごしのやさしい嫁と二人の孫は、この上なくきよの気をやわらげる。そして日曜は自由気ままに、あさ寝もひる寝も好きにして、身を休める。まずはいい老後といえた。

その日は栗ごはんにするからと引きとめられ、きよもゆっくりするつもりで、栗むきを手伝っていた。すると孫たちがけんかをはじめた。一年生の妹が三年の兄に、なぜ下駄やさんは看板に下駄店と書かずに、おはきものと書くのか。おはきものとは何のことか、ときいたのがけんかのもとだった。

「いまはもう下駄、はかないもの。下駄店じゃ時代に合わないさ。ぞうり店でもセンスわるいだろ。だから、おはきもの、としたんだと思うけどな。はきものというのは、足にはくものという意味だから、ぞうりも下駄もサンダルもふくまれちゃって、都合いいじゃないか。」

最初からはきものというのが気にいらないらしい妹は、ぬからず逆らった。それなら靴はなぜ靴店でもいいのか、なぜおはきものと書かないのか、と。逆襲に閉口した兄は、千代っぺはしつこくて根性曲りだとこきおろすし、妹は得意で、お兄ちゃんは負けだとよろこび、そのあげくカッとした兄が暴力をふるって、妹の肩をこづいて、泣かせたが——きよはそのけんかで上の孫が〝いまはもう下駄はくひとはいないもの〃といったひと言が不意につうと胸にしみてきて、三十年も以前の回想のなかへ引きこまれ、栗むきの手を休めてしまったのさえ気付かずいた。

その記憶の中には、柾目《まさめ》のこまかい桐の台へ、濃紺のはな緒をすげた、小粋な下駄一足が、あざやかに見えていた。その下駄はいまもまだ、丁寧に包んだなり仕舞ってある筈で、仕舞っておいた場所もあの押入れの、あの行李のわき、とわかっていた。そうだ、あれを出してみよう。出してはこう。あたしのほかの誰のものでもない下駄なのだから、惜しがるあまりになまじ仕舞ったきりでおくより、はいて、はいて、はきぬいてしまうほうが、かえってやさしくもあろうか。そう、そうしよう、ときよは思った。

「ねえ、すまないけど、急にあたし帰りたくなった。栗ごはん、そのうちもう一度たいて頂戴。」

「ごはんはいつでもまた炊きますけど、どうしたんですか。」

「いえね、下駄なのよ。千代ちゃんたちのけんかでね、急に、仕舞っといた古い下駄をだしてみたくなったの。」

数えの十九歳、きよはもうすぐれたお針子で、家のささえになっていた。弟が二人いて、それが頭がよかったので進学したがり、いきおいきよは懸命に稼いだ。呉服屋に目をかけられたのは、その頃からである。むろん仕立代はそっくり母に渡したが、時折呉服屋のおかみさんが心付けをくれる。それだけが自分の小遣いだった。きよはそれで下駄を買うのが、たった一つの楽しみだった。下町では化粧より髪より着物より、足をうつくしく、足もとをすずやかにという風俗が、根強く受継がれていた。それにきよの足はほそく、指がすんなりして、かかとが丸かった。細身で、すこし粋好みな下駄がよく似合うのだった。といっても買える範囲のものは、せいぜいが中の下という級の品だが、それでもと見こう見して、喜びにあふれてえらぶ。はな緒は紫蘇むらさきが好きだった。

隣町に品が豊富で、応待の静かな店があった。品が多いから選みがきいて、買いやすい。きよはいつもわざわざそこへいく。ある日、そこにその青年がいた。どこの店でも中級品以下は、主人でなく店員が扱う。その人は一度できよの好みをおぼえてくれ、二度目に行った時には、黙っていたのにはな緒の締めぐあいを、ぴたりにしてくれた。つまり一度で、なじみ並みのサーヴィスをしてくれた。それは買物のよろこびを倍にもした。こころよい買物だった。

はたち、二十一。きよの財布は相変らず普段ばきしか買えず、その人も相変らず下働きをつとめて、控え目だった。

　七月、うらぼん。この月と十二月には毎年、母と弟たちへ中元のしるしに、新しい下駄をおくる。自分のもまぜて四足のはな緒をすげるのを待つ間に、ふと見るとそこに繁柾《しげまさ》というか、糸柾というか、みごとな女物がでていた。思わず手にとって、見惚れた。一分置きほどの間隔に、すうんと素直に、まっすぐに伸びた木目の美しさ。たいした材なのだ。こしらえも薄手で華奢なくせに、粋にならず上品である。手から放せない魅力があった。

「気に入りましたか。」

　びっくりした。いつも殆どしゃべらない人だから、そんなふうに話しかけられるとは、ほんとに思いがけないことだった。反射的に、一生に一度でいいから、こんな柾がほしいわといった。主人がちらとこちらを見た。きよは恥しかった。所詮手の届かぬものに心奪われたのが、きまり悪かった。でも、きまり悪さはちょっとのまのこと、それはそれ、これはこれ、普断ばきでも四足の新調はうちの中を明るくしたし、やはり満足感があった。

　その晩、また思いがけないことに、その人が訪ねてきた。

「ぜひこの一足をあなたにはいてもらいたい、そう思って仕上げた。しかし、主人が上物は扱わせてくれないので、自費の材料ゆえ粗末で恥しい。かなりなくせのある木目で、今日のあれとは比べものにならない。気をわるくされやしないかと心配だが、くせがあるだけに仕事に手間はかけた、それだけが価値だ」といつもの無口に似ず一気に話し、はっとして自分の気負いかたに気付いてあわて、あすは東京をはなれ、故郷へ帰るものだから、ついせかせかして、と詫びた。

なるほど、それは歯に当るあたりに、二段のくせがあった。おそらく根に近い、土ぎわの部分の材であり、そう木取るよりほかない材だったとしか思えぬ。はけばそう目立たないから、そそっかしい人は、なんと贅沢なのをはいてるのかとほめる。そうなるとどうしても、一言そのあらを話さずにはいられないし、あらをあばけば下駄にもその人にもうしろめたい。へんな感じだった。それに正直いうと、あるく当りがあまり柔かい下駄ではなかった。土の上を歩くと、土も下駄も両方とも固いという触感があり、固いもの同士がぶつかり合って、なにか足が難儀だという気がした。はきにくいとはいわないが、軽快でらくというのではなかった。きよはしみじみ思った。下駄というのは、はいた時の気持のよさと、脱いだ時の見付きのよさと、二つながら備わることが肝心だ、と。

いずれにもせよ、一番心にかかったのは、くせのある木のいとしさ、くせのある材に多分並ならぬ手間をかけたであろうその人の哀しさ、そしてまたくせを贈られた自分は、いったいどういう巡りあわせか、ということ。それは考えてわかることではなく、ただ、三者ともに通じるのは、ふしあわせな環境におかれたとき我慢する能力がある、という点だった。

しかしこのおかげで、きよはとにもかくにも繁柾をはいたのである。たしかに歯は減りがおそく長もちした。はき捨てるのは惜しく、近所の歯つぎへもっていった。するとおやじさんは見るなり、ほうと声をあげ、珍しい下駄だといった。そして新品のように仕上げて、この歯はおれでないと継げないよ、と自慢した。柾のつまったくせ木が継いであった。そのつぎ禿《ち》びた時、そのおやじはもういなくて、他の人に頼んだ。その人も目をみはって、やりにくい仕事だがためしましょうといい、同じように自慢じゃないがほかじゃ出来まいと笑った。最初えんじだったはな緒は、二代目にはしそ紫、そして今度は濃紺になった。このつぎはもう歯つぎはできない。なぜならもう削る余地のない程に、甲もうすく脚も短くなっていたからである。こんどはきへらせば、もう別れであり、きよはそれをいとおしんだ。そこはかとない執着が、あのひとと下駄とを結んで漂っていた。それ以来「仕舞ってある下駄」だった。戦争中にも、一行李だけ疎開させた荷物の中へいれて——。

三十年を経たくせ下駄は、たしかに当時よりずっと目方がへって、手に軽かった。はな緒の紺も落付いて深い色をしている。磨きがかけてある木肌は、艶をふくんでやさしい。記憶の中ではなにか固々としたおぼえがあるのに、今みれば案外にやわらかみがあった。下駄は三十年のきよの心にこたえて、見勝りする姿である。

来週の土曜はこれをはいていって、先ず第一に嫁の春子に、由来をきかせようとたのしかった。

草履

都会に季節感は少ないと言います。たしかに新鮮な季感は少ないのですが、人もいけないのです。季節の受取りかたがだんだんへたになっているような気もします。もともと季節なんてものは、おみこしのように大騒ぎに担がれて来るものではなく、まあ！　というようにもう来ていて、おや？　というように行ってしまっているんです。

電車、トラック、ビルディングといった頑固なものに取り囲まれた都会の生活では、人の気持だっていつの間にかこっそりと、まるで鰐皮かなんか着たようになってしまうのです。鰐皮では季感の軽く早いタッチを受取ることなど、上手にできるはずはありません。ごつごつにこしらえあげた都会に自然の季感は少ないのですし、鰐皮の人間は、季節をうけとることがへたになってしまったのです。

ですから、ひょっとした弾みで、その鰐皮を脱ぐようなことがあるとします。たとえば、連休とか、病後とかいったときでしょうか。

私たちは幸いなことに鰐皮の下にまだ本来持っていた、敏感に柔かい皮膚を失わずにいるのです。鰐皮を脱いだ敏感な皮膚は、たとえ都会に季感がごくわずかにしか残されていなくとも、そのわずかをたちまち上手に捜し出してしまうのですが、そのときにほんとに、大切なひとに久しぶりに会えたという感動があります。都会では、季感と人情がからみあった話があるとすれば、それは実に新鮮なのです。

私が野内さんという寡婦を五年も知っていて、五年間ただ通り一遍の顔なじみだけだったのに、急にその一度の愚痴話から友人になれたのも、季節と人の心の交流の美しさに打たれたからなのです。

私はそのときはじめて聴いたのですが、野内さんの一人息子は、心臓がどうとかいうむずかしい病気で、ずっと床についていて、二十七とか八とかいいました。健康な人なら恋も結婚もと花やかなときを、青白く寝て、母ひとりが慰め手です。

アルバイトしながら私大を卒業、勤めさきもいいところにはいれて、母親としては峠を越えた思いだったでしょうに、なにか少し顔色が冴えないと見るうち、当人も疲労を訴えだすし、診てもらったら、それがむずかしいことだったそうです。

あちこちの病院や先生を歩いても、こうすれば治るという明確な返事は、だれからも与えられませんでした。いわゆる病気に気負けしたというのか、はじめは不安や失望をいうにも元気のあったものが、だんだんあきらめになって、おとなしく寝てる。何かいいつけてやっても、ああとか、うんとかくらいしかいわない。病んでもう一年の余になるこのごろは、本も読みたくないらしく、じっと天井を見ている。

「——でも天井はまだいいんですよ。いやなのは窓なんです。寝ていて窓から見えるものは空しかないんです。その空だって、広く見わたせるわけじゃなし、雲もなんにもないただの空なんかを、まばたきもしないで見ていられると、あのなかを昇って行くときのことでも考えているんじゃないかと思いましてねえ。しかもその窓を、しつこく明けておけというんです。心臓の病気って、息苦しがるんですねえ。」

察しられます。襟くびの後れ毛に白髪の見える母親は、じんわりと来る冷気に窓を締めたいのでしょうが、息子が明けておけといえば、涼しすぎるのもこらえて、さぞ身にしみる秋の一室かと思いやられます。

「今朝もこうなんです。——これでもう三日も待ってるんだがなあ、というんです。焚火の匂いのことなんです。

うちはご存じのように善法寺さんの崖下でしょ。お寺さんじゃ毎朝早くお掃除して、落葉を燃やしているんですが、秋から春まではうちのほうへ風が吹きおろすんです。ですからうちのご飯のときに落葉の燃える匂いが伝わってきて、あたしもそれを知っていたんですが、別になんともねえ。でもそんなことが病人にはよっぽどの慰めとみえます。

――もう三日も待っているのに毎日待ちぼけだから、きっと今年の葉っぱはそろそろおしまいだろ？　母さん、木はもう裸だろ？　これからは裸のところへ風が当るんだよ、もう一度くらい坊さんは焚火をしないかね、こっちもこれであの匂いの嗅ぎ納めって思うんだがな――。なんていうんです。

それだものだから、出がけに見たらば、まだ二度や三度は燃やす分がありそうなんで、まあよかったと思いましたけど。……うふふ、なんだかへんな話ですね。今朝はあたし、ほんとによかったと、ほっとしたんですけど、こうやって人様に話してたら、ばかばかしくて、なんだかおかしくなっちゃった。」

会社は毎月の手当を見てくれているものの、母は通いでよその家事手伝いを稼がなくてはならず、その帰途の電車を私は乗りあわせて、そういう話を聴いていれば、電車を降りて並んで歩く足もひとりでに急ぐのですし、思うつもりはなくても浮んでくるのは、明けてある窓と、その部屋のなかの寂寥でした。

野内さんの家は私の家よりもっと先です。別れて格子を明ければ、私の家のなかのその明るさ。

「お帰りなさい！」

と、家人は何も知らずに屈託のない声を、なにはばかることもありません。野内さんの不幸な話を聴いたがゆえに、私は自分のしあわせを確認したかたちであり、気が咎《とが》めるのでした。

着換える普段着の襟は冷えていて、脱いだ外出着にはぬくみが残っています。野内さんは息子に笑顔を見せて、何やかや話しかけているだろうなあ、と思ったことでした。

白焼のはぜは煮びたしにすると、なかなかおいしいものだと思います。私は自分が好きなのでちょうど到来したはぜを、野内さんにおすそわけしました。たいそう喜んでくれました。

野内さんは近所から病人を結核のように疑われていて、やりにくい点が多く、お彼岸のときなどみんながおはぎやおすしをやりとりしても、自分だけは仲間にされず、仲間にならずで寂しいとこぼしました。

だから、少しばかりのはぜでも、たべるものを贈られたのが、久しぶりで嬉しかったのでしょう。思えば野内さんは、病人を抱えてひとりきりという感じでした。それとなく案じましたが、病人も無事で年の暮もすぎ、正月もすぎました。二月です。三月の声を聞きさえすればといってこらえる二月の寒さですが、綿も毛糸も突き通す風が吹きます。そういう晩でした。

そろそろ締りをしようといっていて、なんだか表の木戸がそろっと開いたと思いました。野内さんがへんにまじめで、へんにてれて、胸のところへ買物籠をかいこんだようにして立ってるのでした。茶の間へあがりながらもくどくどと、夜遅く来たことをわびています。家人は様子ありげと察してさがってしまいました。実は、――と話したのが妙ないきさつなのです。

野内さんは今日、金ごしらえに歩いていたのだそうです。いまはそれ一ツになってしまった最後のたからもの、――早世された御主人が愛用していたスイス製の時計だそうです。質屋へ持って行けば流れるだけ、時計屋へ持って行ってもたたかれてしまう。

少しでも値よく放したいと考えて、夫のかつての勤めさきの重役を思いついたのです。その人はこのごろこそ絶えているけれど、夫歿後いちばんいつまでも後を尋ねてくれて、心あつい上役だったそうです。

会社へ電話して訊くと、先年新しい会社をつくってそちらへ移られたといい、新しい会社へ電話すると留守で、お宅はもとの場所だとたしかめたのです。勤めを早びけして、病人の世話を済ませ、行ってみると驚きました。

引越の荷造りをしたまま、しかもひっそりしています。奥様がやつれてふけて無愛想です。はなはだ思ったようでない、いぶかしい様子ではありますが、こちらもこのまま引返せない状態です。お取込のところを切り出して頼むと、みなまで聞かず、会社のつぶれで借金をしょい込まされ、この住いも人手に渡って追い立てられていると、逆に泣かれては返事もできません。

それでも奥様は気の毒に思ったのか、

「これでも売って、一時のつなぎにして頂戴。」

と、新しい草履を一足くれたのです。

以前の貰い物かなにかららしく、包み紙はなくなっていても、箱入りの高級品なのです。それと、蕪を一把、病人にあげて頂戴と下さったそうです。

おかしな取合せに、聴いている私が笑いだすと、野内さんは、

「いいえ、貧乏とはそういうものです。そこにあるものをくれるよりほかにしようが

ないのは、私もよく承知しています。」

といいました。

それでその蕪を買物籠の下に入れ、草履の箱を上からさしこんで、さて第二の候補である親戚へ行きました。そこは国鉄で三十分もあります。電車は割にすいていて、野内さんははいったすぐのところに空席を見つけました。

すると二ツ三ツ駅を過ぎたとき、二人連れの青年がはいって来て、野内さんの前の吊革《つりかわ》に立ちました。片方はふらつくほど酔っています。そしてひどく愉快げにいままでしていたらしい麻雀の勝負のことを、声高で話しています。賭け麻雀で勝って来た上機嫌なのです。思わず野内さんが青年たちを見あげると、その勝ったほうの男がこちらを見て、眼が合ってしまったとたん、男がいいました。

「不景気なつらしたおばさんじゃねえかよ。何持ってんだい。おばさん？」ひょいと買物籠をつまみあげると、草履の箱を取って開けて、「へへ、しゃれたもんだね。俺が履こうか。」

悪ふざけですから、片方が「よせ」といい、野内さんが起ちかかると、よけい弾みがついたのでしょう。草履を振り廻します。

「なんでえ。惜しそうな顔をするなよ。高く買ってやらあ。」

売りことばに買いことばでした。

「ほんとに買ってくれる？」

男は内ポケットから、ぞっくりと札束を引出してひけらかし、生酔本性《なまよいほんしょう》にたがわずでさっと引っこめ、お尻のポケットからくしゃくしゃな千円一枚を出してていねいに皺をのばすと、

「おばさんにやらあ。」

と、ひらひらさせます。

腹が立つより正直にいってそのお金をほしいと野内さんは思いました。

友だちのほうはなだめすかして、電車から降ろしてしまおうと誘います。すると男は、「おまえ、狙ってるな」といい、片方は「へん」とそっぽを向いて、あちらの空席へわざとのようにかけました。

男は、買物籠と草履の箱を抱えて固くなっている野内さんの腕へ、きたないお札を置いたり取ったりしたそうです。餌で犬かなにかをなぶっていると同じです。みんなが知らないふりをして、こちらを見ているのです。

情ないなどといってはいられない、切羽つまったむきな気持になってしまいました。

「おにいさん、ほんとうに買ってください。」

「ああ買ってやるとも。」

野内さんは起って、箱を渡しました。男は「――こうやって、中指と人さし指の間へ、このお札、このくしゃくしゃなお札を挟んで、あたしの鼻のさきで振ると、どうでしょう。おつりよこしな、九百九十九円っていって坐ったんです。あたし、がっとしてお札をひったくって、突きとばしたんです。そのときドアが開いてるのが見えたから、飛び出したらうしろで締ったのです。……男の顔が見えていて、電車は行っちまいました。夢中でそうなったんですけど、すぐ正気になって、いやあな気がしました。それから、あの男がつぎの駅で降りて引返して来やしまいか、と思い、そうすると、お金はとても惜しい、取り戻されたくないと思ったら急にこわくなりだしました。そこへ向うから上り電車が来たんです。階段を駆け上って降りて、乗って帰って来て、うちへはまだ途中なのです。」

重役夫人は、草履を売って一時のつなぎにしてくれといった。――だれに売ってもいいのだ、――自分はまじめに買ってくれといった、――男は買うといった、――男は自分を嘲った、――自分は草履を置いて来た、――千円は決して高くはない、むしろあの草履には廉い――と幾度くりかえして思ってみても、辻褄《つじつま》は合ったようでいて、気は済まない。ここまで遠く来て、あの男が追って来るはずはないけれど、うしろめたくこわい気が払いきれない。どうしたらいいでしょう、――と野内さんの相談なのでした。

相手が酔っ払いだったこと、買う意志がほんものだったか疑わしく思えること、からかわれてかっとしてお札をひったくったこと、事が納得ずくではなく、かつ偶然ではあるが瞬間にドアが締って、逃げる気で電車に乗った、――等々が野内さんを苦しめています。

ふっと私は今夜はことさら寒いと思い、

「ぶどう酒でもどう？　寒いわねえ。」

と、申しました。

「――帰りの電車を半分も乗って来てから、やっとおちついたと見えて、その時になってぞくぞくと寒くなって。……でも、いまはもうこのお部屋が温かでして。ぶどう酒なんか、不調法でいただけないんです。それより、あたしどうしたらいいでしょう？」

私にもわかりません。固く、小心に、清潔に、長く貧しく耐えてきたひとが、最後の時計で金をこしらえようと、思いきめて出た途上に生じたことなのです。たとえ私が、どうまくいいこしらえてみたにしろ、それで満足するこの人でもなし、所詮は自分で自分の心の始末をつけるのがいいと思いました。

いまはまだ取り乱しているから、思案が定まらないというだけだと察したのです。私のやりかたは冷淡でたよりないかもしれませんが、友情はまたいくらもほかの道で役立ち得る、と思ったのでした。私はずるい、いいかたをしました。

「今夜どうするとは、きめられないわ。あしたもあさっても一緒に考えましょうよ。」

ほんとに真綿でも着せかけてあげたい後ろ姿で、野内さんは帰って行きました。重役さんの家から出て駅へ行く途、そして帰りの電車のなか、電車からここへ来る途、野内さんめがけて二月の寒気がかたまっていたろう、と私は思うのです。

野内さんは未練なく、時計は時計商に売りました。あのお金は孤児の施設へ寄付して、いくらか気が晴れたようでした。どうしてそのように賄えたかといえば、それは時計を売ったお金でもないし、私が用立てたのでもありません。野内さんは私にそうされるのを好まないのです。ただ私は、ちょうどいい勤め口をお世話しただけです。

外国から帰って来た友だち一家が、外国風など少しも知らなくていいから物堅い、信用のできる人をと捜していたのです。訊いてみると現在の野内さんの給料よりずっとよかったので、そこへお世話したのです。その友だちは野内さんの第一印象を、

「日本建築の寒さで私たちは顫えあがっているんだけれど、野内さんて人はちっとも寒さにおじけていないんで、おどろいているのよ。」といいました。そう見えるのかなあ、と私は思います。

息子さんはその年の焚火のにおいを待ちませんでした。野内さんもお寺の崖下の部屋を捨てて、外国帰りの家族のなかへすっぽりとはいってしまいました。

お休みの日には私を訪ねてくれることもあります。仲よく続いている交際です。

このごろの野内さんの様子を見ていると、だんだん晴れてくる、といった感じです。外国帰りがいっそううまく気が合ったのかとも思いますし、息子さんへの冥福も祈り果したんじゃないかなどとも思われるのです。

若い女のひとは、春の感じの人も秋の感じの人もいます。それがおばあさんになると季感から外れて、無季の女といったふうになります。私はまだ当分、焚火のにおいを身につけている女でありたく思うのです。

雪もち

「まあ、いいの？　こんなにたくさん。」

「は、よろしいんでございます。大箱が二ッ箱に小箱が六ッ箱。六ッ箱という勘定がちょっとこの、ちぐはぐでございますんで、店を出ますとき帳場へ念を押してまいりましたから、これで間違いはございません。」小僧だちからいるというその番頭は、新しい絆纏《はんてん》から紺のにおいと酒のにおいをさせていた。蔵元から送って来る吉例の酒の粕を得意先や主人たち三軒の自宅へ届ける、お使い番なのである。

「この雪に、ほんとうに御苦労さまねえ。」

「いえ奥様、雪なんざなんでもございません。おかしなもので、酒屋はこの、雪の日にこそと思いますんで。大昔は犬と親類だった、なんて笑うくらいでございます。

──この荷はきのう夕方はいりましたんですが、けさになると降ってまいりましたでしょ、それっというと手分けいたしまして。粕なんてもののお届けは、きょうのような日がうってつけでございますな。おうちじゅうで、あったかく一ツというところで、どちらでもお喜びんなります。申しちゃなんですが、お届け甲斐があるようなもんで。──きょうはこりゃ、夕方になると自動車は利かなくなりましょうな。」

店のトラックはあと二三軒で配達が済むという、すくない荷で帰って行った。タイヤの跡がくぼんで、東京にはめずらしい粉のような雪が、風につれて斜の縞目に降っていた。

埴子《はにこ》はなんとなく長火鉢へすわって思っている。古い番頭は新しく来た埴子へ、古い習慣と商家の気風をそれとなく教えて行ってくれたような気がするのである。去年の十一月式を挙げて、いま正月すぎだからまだ三ヵ月だが、早いうちに商売違いから来たもののまぬけ臭さを洗いたいという気がある。一生机に向いているのが実家の生活で、それは静かすぎて湿《しけ》っぽかった。さぞすっきりしなく見えるだろうと思うと、早く商人の女房にふさわしくきりりとしたことに馴れたかった。障子が二ヵ所、襖が二ヵ所の通り路を通り越して、酒の粕の香ばしいにおいはもうここまで流れこんできていた。こういうにおいの茶の間を埴子はこれまでに知らなかった。新婚のあまさが改めて包む。古い酒問屋へ嫁に来たということが、このにおいのなかに確かにされていた。

埴子はしばらくすると自分で電話してハイヤーを呼んだ。あの番頭が云っていたことに添って、自分もこの雪をはずさずに粕を届けようという気になっていた。清酒問屋にとって酒の粕は商いものではない、お愛敬にただでお眼にかけるもの——こんな日こそおうちじゅうであったかに——犬ころと親類のような——夜になると自動車は利かなくなる——それがみんな埴子のからだのまわりをうろうろした。妻になっている、という浮々した活気が身をとりまいて躍っていた。粕の届けさきは、考えなくてもはっきりきまっている。主人には子供のときからの親しい友人夫妻のところだった。埴子にとっても親しい。一年間の主人との交際期間に当然埴子もこの夫妻と親しくなっていて、ことに女同士はおたがいに埴子さん豊子さんとさんで呼びあう、隔てのない友だちだった。埴子はハイヤーを呼ぶよりさきに、そこへ電話をかけて確かめていた。子供のときからの友だちはたいてい自然に家と家とも知りあいになっている場合が多く、きっといままでは酒の粕も夫の家から届けていたにちがいないと考えられ、もし重なるようなことになってはそれこそまぬけなのだ。多分ことしはこちらからではなかろうかと思ったのだが、それは当っていた。

「まあ、この雪に？ 嬉しいわ。頂戴ものも早くいただきたいけれど、話したいこともたまっているわ。待っててよ。」

礼儀では決してないそういう友達づきあいの楽しさも、埴子に雪をおもしろがらせる一ツのもとになっていた。お愛敬に贈る無償《ただ》のものを、あえてハイヤーで運ぶ滑稽も気をはずませたし、自分のさとへ第一番に持って行かないのもこころよかった。ハイヤーは年輩の運転手が来て、助手席のシートの下へ大箱を載せさせると、「こりゃ危険な荷物だ。運転手はふらふらになる。好きなものには罪だ」と云ったというそれもおかしくて、早速女中に小箱の一ツをあけさせると、手早くお菓子のあき折へ詰めて、「はい、罪な危険物のお裾分けよ」と陽気に乗った。タイヤは鎖をまいていて、思うよりずっとのろく行き、窓から見る街のなかの電車も傘もリヤカーもみなのろくさい。埴子はワイパーの運動だけが規則どおりだと思った。

車は高台をあがって電車路から折れこんで、中級の住いの建ちならぶ通《とおり》を抜ける。その一ツの角を曲ると道は車やっとになる、そのつきあたりの家だった。袋小路ではないけれど、そのさきはなお狭くなっていて、車にとっては袋小路同様の場処だった。腕の立つ人でないと電柱とごみ箱にバックも面倒で、タクシーなら「はいれません」とことわられる道なのだ。ゆっくりと曲って、車体は小路へ乗り入れてそこでとまり、運転手は警笛を鳴らした。すぐそこの家のまえに自転車が道を塞いで置かれていた。道はついさっき両側の家から一斉に申しあわせて雪掻きをしたといった様子で、雪は両方の塀ぎわに押しあげてあり、まんなかは歩ける程度に、それでももう白々と、自転車の細い跡が幾筋か延びている。埴子は運転手のシートへ身を乗りだしていた。「大丈夫かしら雪掻きしてあって、かえって車の通るところが深くなっちゃってるわけね。タイヤ埋らないかしら。」

「そんなの心配ありませんけど、自転車のやつ何をぐずぐずしてやがって。」

家々の塀から見える植木がいつもと違っていた。塀のなかに植えてある木、ではなくて山や野のおもかげを思わせて、すなおに雪を被《き》ていた。およそ庭にある木のうちでいちばん見っともなく見える、手入れのしてない松さえが、むかしから云われる雪持ちの風情で姿を変えている。遠見には何の木だかわからないもさもさしたものも一様に曲線になっていた。

肉屋の男かと思われるのがこちらへ手を挙げておいて自転車を押すと、もう一軒さきの門のなかへはいって行った。こちらの車はきしきしとゆっくり雪を嚙んだ。電柱をよけるとその塀のなかでざざっと滑る雪の音がして、起きかえる何の木の枝か、その葉の青さと軽いこっくりこっくりが知れた。おや、誰か足駄のひとが歩いたな、と発見した。歩幅の狭い二の字が道のまんなかを歩いて行った跡がのこっていた。そばで見なければ見えない跡であり、もうしばらく積もれば消されてしまう跡だが、一度見つければずっと辿れる、人の歩いたあとだった。それはそこの門をはいっていた。直感で、家人の足駄ではなくて女客、――それもなにか間のわるい、自分は来なければよかったという、かすかな白けかたがちらりとした。

けれども、運転手は扉を明けた。門から玄関までの短い敷石はさすがに掃いてあった。そして玄関の軒下のたたきは、たったいまのように二の字がたっぷり濡れてついていた。ベルを押すまでもなく、内からドアが明いて、豊子がものを云い云い出て来、埴子はドアの内側を憚ってそこに立った。それでも沓脱に塗足駄が揃えてあって、傘たてにきゃしゃな柄の洋傘がはいっていることを眼敏く眼に納め、なにかあてのはずれたつまらなさで、急きこみ調《せ》に雪の訪問を詫び、詫を云ううちにもなんだか馬鹿にくだらなかった。なんとなくへんなその二人のあいだへ、運転手がひとりでよろよろと危険な重い荷物を運んで来た。埴子はちょっとためらった。前もって彼へは、送りだけで帰りを待つことはいらないと云ってあった。それを、待たしておこうかな、とためらったのだ。が、ことばはかけなかった。訪問は予約してあったし、あちらも待っているとお世辞でもなく云ったのだし、それを玄関から帰ると切りだすのはまずいと思ったからだ。豊子への遠慮もだが、自分もはっきり帰りたかったのではなく、ただざしあいがあるような直感がしたばかりである。木箱からにおいが発散した。豊子は賑やかに感謝を云いつつ、しかしこれもひどく気をつかって迷っているらしく思われた。なにか得態の知れない気がねをしているところがあった。埴子は迎えられているのか、拒まれているのか判断しかねた、――というより一ト言も拒まれてはいないが、いつものように戸口を吸いこまれる引力がないのをあやしんだ。

「お客様じゃないの？　あたし、おいとましてもいいのよ。」――ほっとした表情を豊子はした。

「実はそうなの。でもあたし、あなたにわるくて気が咎めて、もうどうしようかと思ってたの。」みなまで聴かずにもう気は楽になった。なあんだ、そんなら早く云えばいいのにと思う。

「たった今なの。あなたを待っているところへひょこっと不意に来られて……この雪に……いえ、あなたこそこの雪にわざわざ、……埴子さんあたしいずれお詫に伺うけれど。」

いいのよいいのよとすっかり解けて埴子は蛇の目をひろげた。まだ車はのろのろとバックして路地にいるかもしれなかった。早いほうがよかった。玄関と矩《かね》になった門へ出れば、車がいるかいないか見通せた。足駄が敷石に軋った。豊子が庭下駄で傘もささず、うしろについていた。車は路地を出ようとして遠くにいた。「あんぜんさあん。おおい、あんぜんこうつうさあん。」いっしょに呼ばわる豊子をのこして、埴子はさくさくと大股に出て行き、雪はたちまち足駄の歯につまった。「大丈夫よ埴子さん。車、気がついたから、ゆっくりでも大丈夫よ。」

「そうね。降るから、もうあなたもうちんなかへはいって。じゃあまた。どうぞもう、――」

「じゃあ、お気をつけて。失礼するわ。」

埴子はそこへ立っていた。車はも一度路地をはいって来る。雪はいつ変ったのか粉雪から牡丹雪になっていて、屈託のない鷹揚さでふわりふわりと降りている。身の軽さに安心しているかに舞い降りてくる雪であった。

「どうもありがとう。こんな道を何度も行ったり来たりしてもらって。」

においがまだ濃く車にのこっている。ほっとする思いで背をよりかける。そうっとそっとにバックする。ごみ箱と電柱とで両側から狭くなっているところを、するっと抜けた。埴子はそのごみ箱の雪の下に南天の実を見た。まっかな実が幾粒か、その葉も少し見えてごみ箱の上に、――そしてその上に雪だった。正月が過ぎたんだなあと思った。正月の祝い、正月の休み、正月のたのしさははっきり過ぎていると、どこかから申しわたされたような気がして、季節感があった。同時に、新酒の新しぼりの粕は寒いまっ最中ときまっている、と云われたのを思った。大通りは人夫が出て雪を掻いていた。車がうちに近づくにしたがって夫が恋しかった、まだまだ帰る時間でないのは明らかだのに。豊子のところで一時間ほども遊んで来ようとしていたのに、あんなふうになって早く戻って来たのは、夫に不貞でなく済んだような安心があった。このごろは映画に行っても買いものをしていても、帰るとなると一刻も早くさっと一足飛びに帰りたくなる。埴子の茶の間がはげしく埴子をひきよせた。帰りたくてじれったがる埴子には、ほかのすべてはまったく忘れられていた。

翌日、豊子から電話があって、きのうの詫だった。

「あたしちょっと伺いたいんだけど、これからどう。いけない？」

「いけないことなんかないわ。でもいやよ、そんな堅苦しく。わざわざいいことよ。」

「いえ、ほかに話したいこともあるし、――」

「特別に急な話っていうんでもないでしょ。きのうもするはずだった話を延ばしといたんだから、そんなのいいわよ。それよりあさっての芝居に招待券が来ているの。あなたをお誘いしたらどうかって云うのよ。少し早めに出ていらっしゃいよ、そのときでいいでしょ。」

それきりで過ぎた。つぎの年の新しぼりの酒粕のときには埴子は昼も夜も赤ん坊にかかりきりで、精根をつくしていた。贈りさきの所番地を書いた紙と数枚の夫の名刺をわたして、宅を通さず直接に店から小僧に配達させた。豊子のところの住所を書くとき、去年の雪のあの道と玄関に揃えてあった塗足駄を思い出しはしたが、それはそのことを思わせるより、子を持って方々へ無沙汰をしはじめた已むを得なさのことのほうを思わせた。豊子へも遠くなっているのだった。一年で変ったいろんなことがあった。夫にもいくつかの過去の姿を見たし、しかしいまは赤ん坊へ集中しているのだった。夫には妻をしいんとさせるいくつかの過去があっても、埴子には夫をしいんとさせるだけの過去はないが、それは馬鹿を見たような気のするものだった。でも悔しがりながら、埴子は夫の過去を一応はかたづけた。過去はやりなおすことのできないものだと、しんそこ納得されたからだ。かたづけるというのは整頓するという意味と、見えなくしてしまうという意味とあるようだ。埴子は夫の過去をきちんと積んで棚へあげたが、それがそこにあり、ただ取りおろさないということだけだった。夫の親しい友人である豊子夫妻や、夫をずっと見てきた細大洩らさず承知の古番頭たちが、そういう消息を知っていることはあたりまえなのに、それすら気のつかなかった阿呆くささがわれながらにひけめで、へたに棚おろしをしても勝味はおぼつかないにきまっていた。そのくせそこにあるものはいつも心にかかった。それなのにその後何年か、寒いまっ最中に酒の粕をいじっていても、塗足駄と棚の上へかたづけたものを一ツに結んでは考えつけなかった。あのことはふしぎに忘れてしまわない情景だったけれど、それとこれとをつないでは思ってもみなかった。

三年も四年もずっと続いて、酒の粕は毎年きまって蔵元から送って来るが、それだけのことだった。南天も毎年新年に見ないことはない。どこかの花屋、どこかのうちの花器に見ないことはない。埴子は花材としての南天にあまり惹かれないから使わないが、この実の美しさと特徴のある葉は、どこにあっても眼につく。それでも別に何も思わない。もう雪の道のことも意識の底に沈んでしまって、ほとんど思いうかべる機会もなかった。それを埴子の愚痴話を聴いている豊子がひょっと話のなかで、ほんとにひょっと云いだした。いわば本題でない、刷毛ついでの触りかただった。だが埴子にはいきなりの一閃といった感じであった。一閃で意識の底はそこに浮いていた。埴子がはっとしたことで豊子もはっとした。期せずして、「あら、じゃあ。」と云った。

埴子には誤解なく非常に早くすべてがわかった。豊子は故意に隠しがましくしたのでもないし、策略でこんな結果にしているのでもない。思い出しもしないようになっていたあの日の細かいことまでが、鮮やかにつぎつぎと思い出せるのは、この場合二人のどちらにとっても助けであった。あの玄関の豊子の困惑した表情、しどろなそのもの言い、翌日の電話、――その電話をはぐらかしたことがここまで遠く齎《もたら》されたのだ。埴子は新婚の当時、自分がどんなに早く商家風に洗煉されたがって夢中になっていたかを思う。あの電話を単に詫とうけとっていて、そんなわかったことをくどくどと云わせないのが気の利いたやりかただと思っていた、そういうのが下町のすきっとした風習だと思って、早くそれに馴れたがっていた自分だった。豊子は話すのにむずかしい話をしようとして埴子にはずされたのだ。折は失われてそのままになったが、話そう話そうとした気もちが、いつか長い月日のうちに「話した」と錯覚させたのだろう。埴子もとうに知っていると勘違いしていたからこそ、あんなにふわっと軽く触ったのだ。

そのひとのことは夫からも夫の母からも店の古い女中たちからも、残された何通かの手紙類からも、豊子からさえも聴いて埴子は、逢ったことはなくてもよくわかっていた。豊子にとっては同級である。豊子夫妻や夫のグループの一人だった。不謹慎ないたずらなものではなくて、むろん結婚を周囲もそのひとも考えていた。おそらく夫もそう思っていた一時期はあったろう。が、結婚よりさきに外遊がもののはずみできまってしまって、その外国生活が意外に長びいて五年が流れた。手をつないだつもりで待っているひととの五年と、手はいったん放したつもりでいる人の五年との相違。再会は、過ぎ去ったものとして見る冷えた眼と、積みあげてきた感情に燃える眼との出あいだったと夫は云った。けれども冷えた眼と燃える眼とに強弱はつけられない。そのまま埴子をめとった男も強く、それでもさめないそのひとも強い。豊子はそのひとの哀しさと埴子の何も知らないでいる平安さとのあいだに挟まれて、当人たちにはわからない心づかいがいる。

「あの日、あなたから電話があったでしょ。正直に云ってあんな雪の日って、気の合ったひととしゃべりたい気がするわね。待っていたのよ。おぼえているわ、大阪から送って来た鱧《はも》があったんで大急ぎでうちごしらえの蒸しずしのしたくなんかして。そこへベルが鳴ったから、てっきりあなただと思って台所からどなったの。埴子さん？って。黙ってるじゃないの。聞えないのかと思って女中が行くと、あのかただって云うの。どきっとして出て行ったら、いきなり泣きだすんでしょ。……急にいろいろ古いことを思いだして寂しくてやりきれないんで来たけど、これからあちらの奥様がいらっしゃるところじゃない？　って。あたしほんとに日向と蔭って感じを受けて、とてもそのままそこへあのひとを立たせておけなかった。あなたが来るのはわかってるし、どうしたらいいかきまらないうちだったわ。そうするとあなたがドアのところでちらちらっと見て、お客様ならって、――察したな、と思ったわ。――そのあとなのよ。うちじゅうお酒の粕がくんくんするんでしょ、あのひとがどんな惨めな気もちにされているか。雪はやまないし日は暮れるし、灯をつければ灯もなんだか嬉しくないし、それであのひとふらっと帰って行くじゃありませんか。――ごめんなさいね、迷惑かけて、なんて。」

豊子はたくまず話していた。その記憶は意識の底に深く沈んでいて、いままで長いあいだ誰にも話していないのを今話すという手擦れていない鮮明さがあった。ちょうど埴子のそれと同じように。

「よかったんじゃないかしら、こんなにたってからで。」埴子はあのにおいが自分の茶の間に漂ってきたとき、夫をあまく恋しく思ったのを忘れていない痛さがあった。自分は思わないことであっても残酷だったにかわりはない。夫との距離がひらいてしまった今は、そのひとをひとりの同性として見ることができ、その哀しみは胸にしみる。気のつかないうちはともかく、一度眼にはいれば辿れる雪の路の下駄の跡だった。あれは見つけるはずの二の字だった、とでもいうのだろうか。でも埴子には塗足駄より二の字よりより鮮明なのは、ごみ箱の上の南天だった。南天というより五六粒落ちのこっていた南天の実だった。あの赤さはこうなると何にもまして鮮やかになった。埴子はとうに気の利く女になることに見切りをつけていて、よかったような気がした。

食欲

鉄と石とで丈高くできている大門を、われ知らず縮まって身をひけながらはいって行った。うしろからどっというように日暮れの風が送って、枯れ落葉は沙生《すなお》を抜いてさきへ飛ぶ。いのちの秤がどっこいどっこいをしている亭主を抱えて、金もなければ胆もすわらない女房にとっては、大病院は信頼でもあるけれど、信頼よりそれを通り越して威圧だった。なんという優しくない門だろう。ぐうっと延びている道だろう、冷然とめいめいに構えた病棟だろう。そしてその病棟の入口には、迎え入れるいたわり――などちょっともない。病院は沙生の生活とは懸け離れた、あるえらさのようなものでできているらしく、それは沙生をいじけさせこじらせた。番人みたいな下足の男に、僅かしかできないからこそ実に惜しい心づけを渡して上草履を借りた。

十人入込みの室のまんなかが夫だった。夕食どきの時間なので、各ベッドのわきには付添の肉親やら雇いびとやらがなにかをしていて、夫だけが誰もついていない寝台に、沈んだようにしていた。はいって行く自分へまわりの眼が集ったことがわかったので会釈をしたけれど、誰もそっけなかった。夫はスタンドへ濃い覆いをかけられて、蔭のなかに睡っていた。けさからたった七八時間だのに窶《やつ》れがまたぐっと深くなっている。瀬戸際まで追いつめてきている病気の勢のすさまじさが現れているのだった。温度表を見、食事・排泄表を見、あとはそっとすわっているよりほかしかたがない。

「さっき注射してもらって寝たんですよ。えらい咳でね、部屋じゅう誰も彼もみんな神経立てちゃったんです。うちなんかお隣だからもう気になって気になって、おかげで熱があがってます。こんな病人を一人で置いとくなんて無理ですよ。」

ちらと、注射は夫が請求したのか、医師がしたのか、誰かからのさしがねだったかと疑ったが、しかし詫を云った。息子らしいその病人は、「でも気がねしてしている咳だった。咳についちゃ誰もみんな経験があるからちゃんとわかるんだ」と云った。

注射で鎮まればそうした理解と同情をもってくれる人も、うるさく咳きつづけていれば腹だちと意地悪の人となるにちがいないことは、こちらにもちゃんとわかっていた。ゆうべ入院したばかりでしたくも人手も行届いていない新入り病人が、咳の苦しみとまわりへの気兼ねでどんな気がしていたか、――沙生の心のなか深くには夫へ解きようのないおもしろくなさをもっているものの、浅いそうした当面の事態の気の毒さには感情を動かされないわけにはいかなかった。こういう場合、病気という弱さをもって、臥ているほうが、健康という強さをもっている看病人より力があった。沙生はまだしばらくは睡りつづけていそうなのを見定めて、いろいろの検査の結果を訊きに医局へ行った。

夫は痩せてはいたが結婚して十年、風邪以外の病気はしない。結婚は二人ともそう若くはなかったから、健康のことなども話しあいの上で、たがいに信頼している医師を指定しあって検診したのだった。夫のほうには当人の気づかないうちに病んで治ってしまったらしい痕跡があったが、医師は、都会人ならこの程度の当人の知らないうちに生じた古戦場におびえることはいらないという報告をした。何の障りもなく過ぎて、今度は風邪だった。わりあいに病気には素直なたちで、早く臥て早く医者にかかって早く治す主義だったから、手詰っている生活ではあったが近所の先生をすぐ喚んだ。こともなく云っていた。一週間して熱はさがらない。湿布に氷枕に、「あすはもうさがりましょう」が毎日で、なお上りっぱなしの熱だし、咳も痰も多くなってめっきり病み窶れが見え、疲労を訴えはじめた。そうなってから結核が進んでいると云いだし、自宅手当の不可能を宣告した。

呆れても呆れておこるだけではいられない、別の医師を喚んでみた。その先生は「進んでいるなどというものではない。一日も争ってとにかく総合病院へ入院させ、外科とも相談してみなくてはいけない」と云いさし、「まあ、薬を取りに来てください。も少し相談しますから」と帰った。

相談というのは経済のことだった。「医者はこういうときに苦慮するけれど、しょせん金と手当とは辛い因果関係があるので、範囲という点から考えたい。御主人はあのままにしておけば、云いにくいがきまったコースをとると思う。」――当座の入院費ができるかと訊かれた。それは入院してその道のいい先生に診断してもらい、もしはっきり手術など痛い思いがむだときまれば、あとは退院して来るという、きりつめた額だった。

病気や不時のことに用意の金があるような生活とは、もうとうに遠くなっていた。どんなにそれが最低額であっても、うちのなかに金はなかった。いまのこの薬代往診代も物を売るつもりの上に立っていた。

「親類に相談してみませんか。まだ四十を過ぎたばかりの働きざかりの人なのだし、あなたも若いしお子さんもあることだし、……」それこそ働きざかりの医師は、急場の金は半金でも遣いようによっては全額に等しいことがあると教えてくれた。うちへ薬を置くと金策に出た。行くところはやはりきまっている。これまでにもいちばん度々いちばん多く迷惑をかけている、両方の親の家だった。夫の実家は、ほかのことでないからと云って、医者の云った額の半分をすらっと出してくれた。としよりの女世帯から器用に出されると、帰りの閾《しきい》は往きよりなお高かった。こちらの実家では、まず病状を根掘り葉掘り糺され、「運の悪いときには病気までむずかしいものだね」と嘆かれ、「それだけの予算じゃ、長びいたときや手術料や雑費は含んでいなかろう」と云われた。そう云われれば看病のうちの、ことに経済は事務としての処理をすべきで、自分でまかなえない金を貰うなり借りるなりするなら、もっと確かな数字を考えるのが当然であった。

「親《しん》は泣き寄りというからね、入院はいいよ、なるべく早く手続きを取ることだ。が、念のために云っておくが、うちも沢山な金はない。きょうはさしあたり申し出だけをあげる。僅かしかないのだから通帳ごと持って行ってもいい。したいだけの手当ができなければ又なんとかするが、借りる金は右から左へとは行かないよ。早く云ってくれないと間に合わないもんだ。」

それは父親のまえにいて聴くときにはほっとする金であり、外へ出て途すがらになるとどすんと重たい金だった。娘の亭主の病気にはたいてしまえば、年とった自分の病気のために備える金はなくなってしまう。さらに他人からも借りてくれるといえば、返済には四苦八苦だろう。そうでなくても、自分の準備にもう一度通帳をこしらえるのも容易でない面倒だろう。いざこざのない親の金でいて、心配の晴れない金だった。すらっと半分しか出さない金のほうが気楽な金だった。もし、もっとも気楽な金はというなら、亭主の金である。亭主が病気をして女房が亭主の金を遣って手当をするなら、それがいちばん気が疲れないと思う。そこに沙生の妻としての習慣がある。つまらない男だと突っ放しているくせに、そのひとの金には連添ってきた親しさが残っていて、しかもその感じかたを勝手だとは思わず当然だと思っているいい加減さにはじめて気づけば、苦笑いよりほかはなく、親たちから集めた金はいっそう味気なく思われた。

夫は入院と聞いて、案外なことに喜んだ。気をまわして、病気の重さに神経を立てはしないかなどの心配はいらないことだった。

「入院させてくれるならありがたいな。部屋も清潔だし、看護婦なら一日じゅうついててくれるから、かえってうちより都合がいい。」

夫の考えているものは陽当りのいい、壁の白い一人部屋と、母性と娼婦と職業技術とをいっしょくたに身につけた愛すべき看護婦ででもあるらしく、もっと邪推をすれば、入院によって誰からも受けるであろう同情と大切がられらしかった。よく知っているはずの金のなさは、かりの一ト言にも云われなかった。沙生のどうにかしてとにかくやりきってしまう才覚や我慢は、「済まないね」で済んでしまう値《あたい》なきものであった。むしろそれは、「あのひとの持って生れた性格」だから、好きでやっていることにされているのだった。臥ついてから余計、夫は金のことを無言のうちに押しつけていた。慌てて見舞にきた母親へは挨拶するのだから、沙生には故意に犒《ねぎら》いを云わないのだろう。「かあさんありがとうござんした、御心配をかけて。おかげで安心して休めます。うちじゃこの通りですからおちおち病んでもいられなくて、――」

沙生はつとめて思ってみる。このひとは数年以前までそういう暮しばかりでやってきた人なのだ。たべるものもいいもの、著るものもいいもの、旅行も三等は使わず、芝居さえ席に好みをつけるしきたりを通してきた。それも自分の金で間に合わなければ、うちの金と称する先祖代々の伝えてきた店の金を流用して済んでいたのである。夫の兄たちもそうだったし、やもめになっている姑の御隠居所といわれている生活も、臨時出費は皆そうしたかたちで賄われていた。と云っても先祖からの財産は結局店一ツなのだから、なにも決して大きなものではない。何代かまえの多少よかったときに、町人らしい奢侈な好みが出はじめ、それが以後も生活の格として誇りになって残り、夫の兄の代になってからは商売不振で財産は崩れる一方だのに、むかしの生活の格はもとのままで受継がれているかたちなのである。つまり生業への精励は受継がれず、暮しのいいもの好みは受継がれていた。だから、現在は瓦解して三人の男兄弟と隠居所の四軒はみな収入を失っているが、人の噂によれば兄たちは早くに利口な処置が取ってあったというし、隠居所は先代が跡を案じて妻名義の株を残しておいた由であり、なるほどどこもそうひどい詰りかたではないのに、正直でまぬけな夫はたちまち落目の底に喘いでいた。それでも落目の責任はさほどに感じず、もとの生活の格はしきりに恋しいもののようだった。三軒長屋のまんなかに病んで入院を喜び、お構いなしの想像をしていてもおかしくはない、と沙生はあえてそう思う。

ただ結核とわかった以上、子供の日々への考慮と処置が残されていることを思うと、むらむらとものが云いたくなる。すでにたびたび離婚を云いだしていて、いまはもうどうしてもとやりきれなくなった矢先にこんな病まれかたをし、病まれればさすがにそれを見てはぎくりとし、かえってすうっと急に聖女みたいな奉仕の気になって、——恥かしい、そう優しくはなかったはずの離婚の要求を、感傷と未練に負けてあっさりと打ちきり、もう一度いい妻にと、あだ望みに惹かれたりしてこうやっているのも、決して愚痴には云うまいときめているけれど、事がいちど子供の上へ絡まって考えられると、云いたい口を塞ぐのは容易でない我慢だった。親たちの金で入院して、個室をつかって一級看護婦を置いて、それがなんだと云うのだ。子供のいますぐから、いま以後毎日の暮しをどうしてやればいいのだ。相当長い目で医者の検査も頼まなくてはならないし、とりあえず詳しい健康診断もしてもらう必要がある。もしもっと医薬や安静がいるのなら、どうしてやれるだろう。沙生はやっとこらえる。看病というしごとのうちのどれだけかは、ただ正確な事務としての扱いが適当なのであって、その余《よ》の文句はいらない、と思ってこらえるのだった。それでももう何度、折角の聖女の奉仕を吹っ飛ばして見苦しく唇を尖らせたか。夫は入込みの三等にまずぎょっとしたし、代り代りの若いインターンに少なからず悪感情を持ったし、部長先生の診察が週に二回なのに失望したし、正規の免状を持つ看護婦はほとんど不足で、すべて雇いの付添婦であることを不快がり、病人食のまずさを情《なさけ》ながり、はては周囲の人々に圧迫を感じて意気銷沈した。

医局はもう時間外らしく、当直の若い先生がいた。「やはり手術しかないと思います。午後外科からも来て診たといいますが、その結果はまだ報告簿に載っていなくてわかりません。むずかしいんですよ。内科の意見と外科の意見が一ツにならないとうまくありませんからね。」

「手術にきまればすぐでしょうか。」

「さあ、ここは内科ですから。」

「もし内科療養ならよほど長い期間になるでしょうか。」

「それも部長先生の御意見をきかないと。」

「じゃ週に二日しかものきまる日はないとすると、あとの五日のあいだに何かあったときどうなるのでしょう。」

「臨機の処置を取ります。ほかにおおぜい先生がたもおられますから。」

「主人は一日を争う状態だと云われたのですが、これで何日もお待ちしていて大丈夫でしょうか。」

「大丈夫だからわれわれに何の指令もないんでしょ。」

「それは心細い。大きな病院なのに部長先生一人しか責任をもってくださるかたがいなければ、心細い。」

云いすぎたと思ったとき、対手《あいて》は不意に手をふりあげて眼鏡をぐいとかけ直した。

「ぼくらはまだ下ッ端の卵ですからとても御返辞できません。夜間の責任者がいま食事に出ていますが、なんでしたら喚びましょうか。」

「いえ、それには及びません。」――病人がそう訊いたのなら、こういうかさにかかった返辞をすることはない。健康体だから叱られる。大きな病院は機構の弱いところを指されて心細がられると叱る。叱られても沙生は、大病院の曖昧な時間を見つけてしまった感じである。不安であった。部長の時間と当直の時間との隙間もあやふやだったし、内科と外科とのあいだの橋も疑わしく思えた。

夫は覚めていて、ごぼりと痰を吐いた。ガラスの痰壺は九分目になって、泡の層と粘状の層と水の層と三段に分かれていた。あけてやろうとしたら、室つきの看護婦にきんきん云われた。「計量を見ているんですからね、勝手にしちゃ困ります。病人のことは何でも報告してからにしてください。」

もっともだったが、とげとげしさは余計ものかと笑いたいが笑えない。沙生は自分が不行届きなのを知っていた。行届きかねている小さい財布なのだ。夫の家風ならこれは、ねばならない出費として、あす困ってもきょうの顔だけはよくしておく金だった。実家では、「これだけの額では付添費雑費を含んでいなかろうが、さしあたりおまえの云いだしただけを」と云って、そのへんのことを指摘していたのだ。痰壺はけさから三回目のあけかえだという。ふと、姑の金で看護婦室や医局へ付届けをすればと思い、ばかな、と打消した。そして派出婦会へ電話した。夫はまだ看護婦でなければと弱く云う。「でもあなた、私がつききりというのは不可能ですもの。子供もあるし、あんな小さい文房具屋でも締めきりにもできないから。我慢なさってよ。」そう沙生に云わせてからでなければ、それならばという順序にはならないのだ。いのちの瀬へ来ていてなんというぐずな、——沙生はしょっちゅう聖女をとりおとしかける。

　派出さんは廊下で白衣を著かけていた。糊とアイロンの利いた白衣の袖へいきなり突きやぶるような力で腕を突っこむと、糊がべりべりと音をたてて剝がれた。沙生はその強《きつ》さを見て、夫はとても敵《かな》うまいと思い、このひとは病人を眼中に置くまいと思った。夫はなじまない眼色だったし、彼女は催眠術師めかしくじいっと病人を読んで片頬笑みをした。小さい財布は紙幣一枚分だけの薄い口を明けた。

「沙生、もう帰るの?」

　ええ、とは云えない聖女が出てくる。「もう少しいましょうか。」

「うん。」——それで無言。沙生は裏づけがほしい。表があればかならず裏があるものなのに、夫婦のことばはこう仲睦じいときに表だけで、いつも裏づけはないのだった。もう帰る? いましょうか、それっきりだった。十分もすると沙生は下足札を出していた。

翌日は部長先生の日だった。外科の部長も立会い、両方の引連れた若い医員がずらりとベッドを囲んで、まだ重なった。派出さんはどけられて婦長が婦長の威厳を発揮し、看護婦たちは静粛だった。白帽・白衣・マスク、――夫はあわれに緊張して、頸のところの脈管がぶくんぶくんと動悸を伝えていた。動悸のあることが逆に死を思わせるので、沙生は見まいとした。病人の強さは、医師群に圧されるだけで潰されそうだった。白い人たちが引きあげて行った。夫は生きかえったように血の色を取戻した。

しばらくして医局から喚びに来た。外科病棟へすぐ移転、日を見て手術ときまった。派出婦は外科へ送りこむだけしかしなかった。

「私、内科のかたを専門でございます。」

外科の派出婦は若い人が来た。「ああ大丈夫だわよ、そんなに心配しなくてもね。患者さん弱気そうだから、ちっとあたしは骨折だけど。」

沙生は医局へ行った。「御執刀は何先生でしょうか。」

「さあ、まだぼくら聞いていません。いずれきまりましょう。」

「手術日は私までお知らせいただけましょうか。」

「もちろんです。」――きょうでもあすでもないと勘が働いた。

夫の身内が一ト通りの見舞に来た。親切や優しさを見せれば、たかられやしないかという逃げ腰があった。きっとまえにもそういう容子はあったのだろうが、実家の父が「通帳ごと持っておいで」と云ってくれた楯を控えている今、やっとその逃げ腰を見つけたという気がした。逃げ腰をこちらから篤と見ていれば滑稽な態勢であった。滑稽は許容である。実家からは母が来た。母は信仰を勧め、病人は咳ばかりした。「おとうさんはしごとをせっせと始めなさってね。」父は働いて金を取るつもりらしい。

二日たつうちに夫は、執刀を部長先生に頼んでくれということと、個室になりたいこととを云いだした。病人から望めばあるときはその希望通りにもなると、付添が教えたからだ。沙生もそれを望んだが、それには数々の手順がいる。手順は道を見つけて辿ればいいが、金には限度があった。事務と情とはくいちがっている。かりに手術が成功しても予後が相当であり、不成功でも始末ということがあった。いずれにしても不足は不足だし、それに離婚をおもった夫ではあっても、夫は自分にとっても子にとっても一人きりの男だし、人一人のいのちとなれば、――でもやはり経済は健康人の妻がついている以上、むちゃくちゃでは済まされない。むちゃくちゃをやるには誰の助けもいらないが、自分がさきにそれをあえてする気を是非持たなくてはならなかった。どんなに事務として考えたくても、結局問題はそこへ絞れてきて踏みきれない。いま沙生は離婚などしてもしなくても、離婚の杭に繋がれて病気と金との棒でぶたれているようなものだった。何もきまらないまま部長廻診の日が来たが、手術のことはなくて過ぎた。夫はもう睡れないほどの咳にさいなまれて、口を利くのは鎮静の注射の利いている間だけになった。

翌日、子供を学校へ出して病院行きの髪を結っていた。むかしのなごりで長屋生活に不似合な三面鏡で髪を結う。前髪に病人特有の痰の臭いがこもっていて、櫛を入れるとにおった。風呂の湯気にあってもひどくにおうのだった。油を振っていて、ひょっと鏡が白く光ったと思った。ガラス戸の外の手拭が動いたらしいのだが、きらりとした瞬間より、そのあとへ白い幻像が残った。白いとは病院だった。躊躇できないものがあった。タクシーを拾った。

あっ、という騒ぎがひろがっていた。ばらばらと白い人たちがいた。夫は見つけるなり、「沙生！」と呼んだ。夢中な顔だった。ベッドに半分起きて、両手はしっかりとベッドの枠を摑み、細い腕が水色のタオル寝巻から突き出ていた。付添がうしろから支えていた。夫の髪は寝ぐせがついて両鬢が逆立っている。人々は沙生を見て手を緩めた——といったけはいがありありと汲めた。

「沙生！」息も切れていたし感情も迫っていた。「沙生、沙生。ぼく、こわいんだ。恐ろしくていやなんだ。沙生、どうかしてくれ沙生。」

「どうしたんですか」とまわりへ訊いた。沙生はびっくりする痛さで夫に横さまに抱かれて、ベッドに半ばずるこけた。夫の涙がぽたぽたと顔やら頸やらを濡らした。誰かが「ちぇっ」と云った。緩みがついたようだった、まわりも夫も。

担架車がベッド擦れ擦れに置かれていた。手術室の都合はきょうということになっていたのだそうだ。きのうからそのつもりで医局では特に入念な廻診をして注意していたという。興奮してしゃべりかける夫を制して、はいはいと聴いた。「それがですね、いま来るといやだって云われるんです。立腹されてるんで、いくら説明してもわかってもらえないんです。まあ奥さんとしちゃこんなとこ見られては、われわれがどんなひどいことをしたと思われましょうが、自分一人で騒ぎだされたんですから、誤解のないように願いたいです。実際われわれも迷惑してます。」

「迷惑？　迷惑はこっちだって、沙生！」げろり、げろりと痰が湧きあがった。

「まあ、あなた静かになさってよ、私が伺いますから。先生、とにかくこのひと、注射かなにかしていただくほうがよくないのでしょうか。誰がどうしたはあとにして、病人をこんなにあさましいことにしてしまって。——」走って出て行くものがあり、看護婦が脈を取った。

「まったく驚いた。いまになっていやだなんて、こんな騒ぎあまりないな。」

「いやだったねえ。」

沙生はおちついていた。「看護婦さん、私、きのう手術のお話を伺いましたかしら？」

看護婦は知らないと云い濁した。

「付添さん、あなた御存じだった？」

「はあ、あたしはけさになってから。」

「どなたから？」

「誰だっけ。あらもう忘れちゃってる」と笑った。

「あなたはどう？」

「全然聞かされなかったんだ。ただ、注射するっていうから、何のだって、訊いたら、睡眠を、とるためだって。朝だのに、へんだと思って、不安で、逆にたかぶって、きたんだ。」紅潮が引いて青隈が出てい、歯と顎骨が皮膚をへばりつかせて浮きあがっている。へんなことだった。リノリュームへゴム輪が穏やかな音をのこして担架車はどけられた。

て。」

そこへ見知らない中年の先生が来た。「手術は見あわせます。変化ないか注意し

それで終った。同室者は複雑に沙生を見た。温いものがあると見てとった。これは何か？　夫はこんこんと睡った。ひゅっ、ひゅっと息のたびに喉で音がする。痰という粘液がからんで薄い膜を張り、薄い膜は息を通すとき笛に鳴る、と思われた。笛の音だから美しい——と聞こうとしても、痰の膜、としか思えなかった。そこいらじゅうが臭いようでたまらない。溜息が出ても、あとはそっと吸った。うつるこわさではない。病気の破壊によって生じる汚穢のきびしさに打たれているのだった。こうなると夫も金も病気もむしろ遠くにいた。破壊のきたならしさが沙生の身のまわりを攻めていた。

時間がたつにつれて沙生は清々《すがすが》としてきた。惨ましい光景ではあったが、あれを見て清められた感じがしてきていた。「沙生！」と呼んで夢中で必死でいた夫を見たことは、ほのぼのと嬉しかった。絶えて久しい新婚以来の夫だったと思う。たしかにそうだった。そうなのだ、紛れもなくそうなのだ。涙がこぼれて嬉しかった。あのとき「沙生！」と呼んだ声は、声だけではなかった。声を裏づけるものがはみ出すほどあった。覆いを取るようにして、ほんとうの夫をはっきり見たと思い、自然に事がきまった。

って方法も道が立って見えた。

「どんなに急なこと云われても、私がいないときの手術は断ってくださいね」と付添に念を押して立ちあがった。入院のときだか外科へ移ったときだかに、なにか手術のことについて書類へ判をついたことを思いだしながら、――そんなものなんでもないや、病人のいのちは病人に与えられている神のいのちなんだ、と割り切った。

父親のところへ行った。外科部長に執刀が頼みたいからと云い、

「おとうさんのできるだけの力を拝借したいんです。お金も頂きたいんです。」

父親は笑った。「久しぶりでおまえらしい調子を出して来やがったな。」

と云っても伝手《つて》を求めることはたやすくなかった。直接のつながりはないが、まわり道でも駈けだせば間に合うという勘定をした。通帳と紹介状を持つと急いだ。姑へも足を伸ばして、もしやの伝手を訊いた。

「だって沙生さん、もうあちらに伝手はあったんでしょ？」

「ええ、ありました。でも多いほうがいいんです。」

「それはそうだろうが大変でしょ。そんなに方々ひろがればそれだけまた余計になにしなくちゃならないし、――」

「いいんですお姑《かあ》さま、決心しましたから。どうにかします。」

突然の沙生のいい嫁ぶりに姑は不可解なおももちをしていて、それでもやはりおろおろと喜んだ。姑の伝手もまわり道の伝手だったが、案外すらりと通った。入院と金策をすすめた町医先生にも報告ながら立寄って話した。「同期のがいますから電話しときます。」

ひょっと気がついてけさの顚末を聴いてもらった。

「そんな無理強いがあるはずはありませんね。」

「でも現に嘘でなく私、見たんですもの。」

「さあ、そこですよ。ないはずもあることがあるんです。明らかにしようとかかると隠れちまうことが多い。隠してあるのがまる見えなんてこともある。あそこもおおぜいの人間ですよ、病院側があって患者側があって、病院と患者との中間があって、えらくおおぜいの世帯ですよ。一ツひっかかると方々へ皺が寄るんです。もう済んでしまったことをあまり気にしないことですな。」聴いたと云うなら云えないが、訊いたと思わなければ話してあげようというふうだった。病気には沢山ある病気と少ない病気がある。少ない病気はその道に携わる若ものにとっては、知りたい欲求を起させる。それがもとでそこへいろんな複雑さが加わる。「手術を奥さんに通達しなかったのはよくないけれど、きっと悪意でない単純な忘れ、手落ち、ですよ。若いものが勝手なことをするとは考えられないし、部長がしなくても病院としての面目を守れる相当な誰かが責任を持ちます。おそらく手術室にはみんなが用意して待っていたんでしょう。まあ、御主人の病気に人気があったと思ったらいいでしょう。それで奥さんがこわくなって部長にということになったんですね。そりゃもう技術は大したもので、まね手はちょっとありません。」

それに触れない話であったが、ちゃんと眼があいたと思った。同室者が温かい眼《まな》ざしで見ていたのを思う。夫のこわがりがああいう表現をしてしまったのは、あれでよかった。あすは部長をつかまえて直接に頼むばかりだ。家には子供が隣家の娘に来てもらって、おとなしく留守をしていた。沙生は娘の生活にもたちまち身勝手な大丈夫を感じて気をひろくした。

何枚もの紹介状依頼状を持って部長に会った。それでなくても朝早く不意に部長が一人で診察に来て、きのうの手違いを詫び、「手術がこわいですか」といたわったそうである。

執刀はきまった。ひとりの部屋へ引越もした。同室の人は別れるときみな友達だった。夫もきのうのあれほどのショックをどうにか凌いでいた。「沙生、家政婦をうちのほうへ置いたらどうだろう。そして沙生がここにいて、せめて手術の済むまで泊ってくれたら」などと云うのも、いやではなく聴かれた。

「それじゃ子供がかえってかわいそうですから、実家《さと》かお姑さんのところかで一週間ばかり見てもらいましょうか。」夫婦の感情というよりもう少し気の強い感情が流れて、夫は沙生に感謝していたし、手放しでよりかかっていた。よりかからせていながら沙生は、どうやってこの久しぶりに調整された夫婦らしい気もちのゆきかいを、なが く保って行こうかと考えた。情ないけれど、この融和は底の浅いものだと思う。夫にしてからがまだきのうの、不意な手術に抵抗した興奮が残っていて、どこか上《うわ》ずったところで沙生によりかかっているようだし、沙生にしてもその上ずった夫へ引き吊られると、も一ツ違ったレールに自分で自分を載せてしまったかたちがあった。いまのところはさも一ツ車に夫婦で乗っているような気がしているが、よく見ると別々なレールの別々の車が接近して同速力で走っているために、ちょうど同乗しているのと同じような錯覚を感じているのだということがわかる。どこへ走って行く？　死ぬんじゃないかなと思う。隣に密着して走っている車が急にどこかへ逸《そ》れてなくなる——ありそうなことだった。それなら底が浅くても深くても問題ではない、同乗でなくても同乗の感じだけでも保って行かなくてはならない。しかも夫には何も望むなということだった。こちらはひたすらな努力がいる。

　そんなことを考えているあいだ、沙生に映っているものはきのうあの部屋へ一歩はいった瞬間にがちりと来た光景だった。半分ベッドから起きて、枠へつかまった細い腕、逆立った髪、ばかに大きな眼、子供のような一しょう懸命さ、――一しょう懸命なくせに無力な弱さが剝きだしになっていたあの表情。むざんな夫だ。それが沙生を生々させるのだ。自分はたしかにあのとき、あれを見て、文句なく夫へぴたりとしたのだが、なぜあのいちばんみじめになっている夫を見て気もちがはっきりしたのか。一しょう懸命な夫を見たのが嬉しかったので、みじめな人を見て喜んだのではないけれど、あれを見て駈け寄ったことはほんとうだった。あれを見なければついに承知のできなかった心が、本心の自分ではなかったか。なぜあんなけしきが好きなのか、なぜ無力な姿が気に入るのか。そんなのは決して好きではないのに、気に入って好きらしいのだ。そう云えば忘れていた、――沙生の結婚はあたりまえの見合結婚だったが、はたから勧められたりおだてられたりして嫁《ゆ》く気になったのではない、自分が行くと云って択んだのだ。いやな人ではなかった。好もしくも思った。二度三度と重ねて逢っているうち、恋のような気もしていた。が、どちらへもきめかねるところがあった。何がそれをきめさせたかと云えば、寂しさだった。男の寂しさと推察されるものを沙生は感じた。それから配偶を求めている人の寂しさのようなものを感じた。結婚にしてはへんに不活発な、生々しない物足りない感じかただなとは思っても、それは心を惹かれるものだった。彼がそれを読んだかどうかは知らない。

いっしょに食事をして映画を観て、家まで送って来たある晩、門のところで別れぎわにややだしぬけに、「来てもらえるかしら」と云った。門灯が顔の片側だけをはっきり見せて、鼻が高く見えた。眼が黒く光っていた。多少かしげた顔だった。片あかりの蔭のなかに浮いた顔、夜のなかから出ている顔だった。哀愁のなかに漂っている顔だった。弱い眼だった。強い眼だった。きれいな眼だった。一しょう懸命な眼だった。

「じゃあ来ていただけるのね！」——うなずけたのだ。

「ええ。」——それできまった。

茶の間へすわって、「おとうさん、いまあのひとそこまで送って来たんだけど、この門のまえで嫁くときめちゃった」と云った。「そうか」と父はそれだけだった。縁のすぐそこへ寄せて植えた薄に風が音をさせた。……来てもらえる？　行ってあげます、行ってあげるわ——そのことばをくりかえしてみていた。そして成立した結婚なのだ。自分は、強くて弱くて一しょう懸命で無垢で幼いものが好きだった。ベッドの鉄枠につかまったみじめな姿は、そこへつながっていた。みじめは弱さにも強さにも無垢な一しょう懸命にも通じるのだ。夫婦二人のあいだの問題は自分一人に帰著することだった。

手術の時刻が来た。夫は深く睡っていた。だから担架車が来ても、このあいだのことを思いだして気を悪くすることもなく、無事である。リノリュームの上をゴム輪が柔かく滑って行った。沙生は部長を信頼していた。婦長にも若い医員へも頭をさげた。夫は顔へ新しいタオルをかけて、長い廊下を連れて行かれる。妻でもいっしょに行かれるのは準備室の戸口までだった。仏壇の扉のように折畳みに締まる扉だった。付添婦は準備室まではいれる。「忘れていた、奥さん、お部屋の窓、ブラインドおろしといてくださいね。」

それが一大事の用のように、沙生は扉のまえから小走りに取って返した。姑も実家の父も来ないとまえまえから云われていた。夫の兄が二人まちまちに来て、手術の済むのを待たずに帰った。そういうことはちっとも気にならない。あてにしていないのだ。ただ時計を見ていて、予定の時刻にまた扉の前に立った。過ぎても何の沙汰もない。ついに、倍近い時間がたった。死屍を縫合している甲斐ない時間なのではなかろうかなどと考える。

かちりと扉のあちらに金属が鳴った。そうっと眼だけ明けて付添が、「終りました」と内証で云った。成功、と眼が云った。

「もうじき出ます。」そして眼だけの扉が締まった。

沙生はうろうろした。長い廊下を担架車が帰って行く想像だけが働いていた。ああ途中で痰が出たらと思った。慌てて部屋へ走った。部屋へ著いて、ああ紙じゃない、痰壺だと壺を持った。そして、なんだ、もうこれもいらないんだとひっかえし、手術は成功した！　と走った。車は途中まで来ていた。

「沙生！　うまく行った、うまく――」夫は手を出した。沙生は驚いてことばがない。夫の頬は紅かった……紅かった。

「いけません、なんか云っちゃ。手もひっこめて、だまって。大事なときですよ。」婦長が、とめた車の枕の上へかがみこんでゆっくり云って聴かせ、夫の手を取って布の下へ入れてやった。素直にされながら、こちらへにいっと笑った。タオルがかけないと思った。車はまた静かに押されて行き、美しい行列について沙生はよれよれに縺れて歩いた。ともしい寝巻の替もつくろう、丹前も縫い直して、と雑用をいますぐ端《はじ》からさっとかたづけて働きたいのだった。

部屋に納まると、夫と付添を残して沙生も遠慮した。両方の里と、紹介を貰ったさきざきへ電話をし、医局へ顔を出し、部長に礼を言いかつ模様を聴いた。聴いても聴いたそばからぼんやりした。

「早く云えば病気の根のところ、いけないもののできているところが、はじめからレントゲンでもよくわからなかったんですが、それがどうも時間がきても探せなくてね。」――それだけを奇異な思いで聴いた。的確にわかっているところを的確に切り取る手術であるとばかり思いこんでいたからなのだ。手術はうやむやな状態のままで行われた。しかし成功したのだ。特別な加護とか、特別な技術の特別な離れわざにも思われ、また非常に不信用な、いい加減なものともうけとれた。「病人も限度擦れ擦れの手術でしたし、あなたも私もくたびれましたな。おいおい、奥さんに葡萄酒一杯あげなさい。よくない顔つきしてなさる。」

以前に友達づきあいをしていて店の瓦解とともにいまは絶えていた人たちが、聞き伝えたと云って揃って見舞に来た。ちょうどそこへ、紹介状を貰いに騒ぎ歩いたさきざきの人たちも、手術の済むのを見はからって訪ねて来てくれた。病室へはいれないその人たちは一ツ置いた空部屋《あきべや》に集った。

沙生はいま貰った果物籠を前にして、「これは当人に頂戴させたいので、皆さまにはお茶菓子もなくて。でもまあ、せめて番茶を召しあがって。――」炊事室のガスは勢いよく長い焔をあげ、薬缶の底いっぱいに拡がって燃える紫いろは優しい。父親がなつかしく思われた。

熱い番茶だけが見舞受けのもてなしだ。手術の成功は見舞客をも明るくしていた。

「奥さん、お一人で大変でしたね。いえ、いまみんなで話していたんですが、あなたが働けるひとで助かったんだとおもいますよ。なにしろお気の毒に商売があああなったんで、そこへ持って来てだから並々じゃありません。御同情しますほんとに。正直のところわれわれ来る途中も相談して、なんとかしなくちゃと云っていたんですが、来て見りゃあなた、ちゃんとりっぱに一人部屋で、しかも部長さんの執刀を願ったっていうんで、びっくりしたんです。敬服しましたな。」——ここで泣かされまいとした。が、おちぶれのかずかずの哀しさがよみがえって泣かせようとした。

「それで率直に伺いますが、お里のおとうさんがむろんお力添えのこととおもいますが、——失礼でおこられちゃ困りますが、早い話が茶菓子もない番茶だと云われると、これがほんとうだと思いますな。もっとあけすけに云えば、一期《いちご》のことで手術は思いきり手を尽しなさった、というわけじゃないでしょうか。われわれこれだけ揃って、お見舞もありふれた果物籠一ツです。こんなりっぱな手当を考えてませんでしたから、お金のほうが、いやどうも商人根性の無躾で申しわけありません、でもそのほうが生きている金だとおもったものでして。いかがでしょう、……どうも、来て見たらあなたの前に金を出すのは、ちょっとどうも怯《ひる》んじまったんですが、正直のところ御都合はどうです？　金がいけなければ、改めてもっとましなお見舞でもお届けしますが、――」男というのは、こういうようによくわかるものなのだ。ことにこれは自分たちが云うように商人的なわかりかたであって、取引ではないが話しあいなのだ。手取り早く素直だった、ためらうものがなかった。

「ありがとございます。お金のほうが役に立ちますんです。おっしゃる通りなんです。私、さきゆきよりもいまの手術と思いまして。でもそれもお恥かしいけど、私たちのお金は一銭もなくてみんな……両方の親たちからなので……」こらえてきたのに、考えて両方の親たちと庇《かば》って云ったら、ぽたりとこぼれた。親たちと云ったのは婚家への礼儀というのではなくて、この人たちへの礼儀のつもりだったが、急に感情が父へ走って涙が出たのだ。母は父が借金の用意を完了したと云っていたからである。

金の包みが出された。部屋の片隅に寄って、もとの使用人たちが身動きもしないでいたが、こそこそと云いあっていて、「そこへ載せさせていただきます」と恐縮した。みんなが帰ったあとも沙生は、金の不思議さに気をとられていた。

手術が済んだからもう痰壺はいらないなどとは、あさはかな無知だった。胸には穴が明いてゴム管がさしこんであった。ゴム管はときによると、その上に何枚も重ねた消毒ガーゼを通してぷつぷつと、ものの煮あがるような音をさせる。痰はやはり口へもあがってくる。呼吸は重かった。呼吸に関係のない脚まで協力させて、それでやっと、ふうむ、ふうむという呼吸をしている感じなのだ。頬の紅潮などほんのしろうとのたぶらかされだった。熱が出ても青黄いろかったのが、熱が出ると、紅くなるように変ったというだけのことだった。

夫はへたばっていた。ものの云えないへたばりだった。沙生もことば少なく、心だけを敏活に動かした。夫の眼の色一ツにこちらは三年も四年も返辞を考え、そのどれかがきっと当っていた。神経が張りきっているために空鳴《そらなき》をするほどなのだ。寝台の横にいて本を読んでいても、はじめのうちは夫が天井のどこを見ているか、壁のなにへ眼をやっているか、ちゃんとわかっていた。それがしまいには、水仙から梅へ移したなとおもって見てみれば、実はまだ水仙を見ていて、それからつと梅へ行くのである。沙生のほうがさきに水仙から梅へ移っている。これはおそらく夫には意識しない負担になっていると察しられた。逆だといいがなと思う。沙生が一ト足後れて梅へ行けばちょうどいいのだが、しすぎて後戻りのできないことは哀しい。一ト足早い妻と一ト足後れる夫とは、これがどちらも健康なときは、じれったがりとうるさがりでこすれあうにきまっているが、いまは片方が病人で二人とも無言なのが救っていた。

数日が過ぎて手術の成功は動かないものになったが、恢復は早くないこともはっきりした。沙生は経済の事務をもう一度しなおさなくては立ち行かなかった。姑も辛いだろうし、それに実家の父がしてくれると思いこんでいて、沙生の顔さえ見ると、「あちらへ申しわけないねえ」と、感謝と詫と依頼とを云いつづける。それは沙生の云おうとすることをさえぎって黙らせる。半分は資力のないものの本心であり、半分は自分の平安まで損《そこな》いたくない老人のこすさであると見た。無理もないかもしれないが。

父親は借金の用意をしてくれていたが、それはいかにも気の毒で、させたくはなかった。沙生の意地であり愛情であった。それでなくても貰った通帳はもうほとんど残っていない。一人部屋の代が嵩んだり、手術前の挨拶でやむなく遣ったり、手術と特別処置料を払ったり、雑費もばかにはならないのである。病気の金は平常の二倍の速さで減った。あともう一度支払いがまわって来るとそれで父の金はなくなる。もともと少ししかない通帳ではあったが、何より沙生が責められているのは、そのなかから生活費を遣っていることだった。夫が留守で子供一人でも電灯は同じに使うし、一人前が少なくなっても米代から浮くものがほかの足しになるだけはないのだ。

「かあさま、ガス屋さんが来て、又あしたっておこってるの」と云われれば、幼いものを守ってやりたくて父の金は家計へ減った。

云わなければ誰にも知れないことだけに、沙生ひとりの我慢なのだ。腑甲斐ないのだった。たとえ塩むすびをたべてもとよく云うが、毎日塩むすびをたべていられるのは、一家揃って健康なり円満なり、一途な目的に向ってでもいたりするときはできる我慢なのだ。病人が病院に、うちには幼いもの一人、役に立つ自分は両方かけもちのわさくさしているとき、どこで塩むすびが握っていられるというのか。買ってたべるパンなり取ってたべるうどんなりは浪費とそしられても、なんの贅沢なことがあるものか。もっともおっぽり出した、もっとも乱暴な、贅沢なんかかけらも含んでいない安てらなたべものなのだ。沙生にとって塩むすびを握っていられる心のゆとりは羨ましく、どんぶり飯を取ってたべている急《せ》かれかたは恨めしい。握り飯は贅沢で、どんぶり飯は贅沢でも浪費でもないのだ。それだのに家計のなかにどんぶり飯が殖えたことは心が痛む。逆に云えば、どんぶり飯はがさつで安てらなくせに、右から左へ現金を払わせて、金を減らすことを人に我慢させる点が、何にもまして贅沢なのだと云える。うす憎らしいたべもので、沙生はたべた気もできなかった。

沙生は精いっぱいさらりとして夫に、一人部屋をやめて気長い療養をしてもらいたいと申しだした。見る見る不機嫌になった。それでも、「うん、そうね」と聴いていて最後になると、「もう少しさきへ行ってでもいいんじゃない？」と云う。

「ぼく、またあの連中のなかへ入れられるのいやなんだ。折角よくなってきたんだもの、それもここにいるからよくなったと思うんだ。あのなかへ入れられたら精神的にも参っちゃうし、それにやはりここにいれば医者のぼくに対する態度も違うからね。手当だって薬だってきっと違うと思うよ。一級のことをしてくれないだろうからね。」

「手当に段があるとは思わないけど、気分の悪いのはあなたにお気の毒ね。でも私、もうできなくなってるの。支払いが溜れば、私は突っ張るつもりだけど、あなたは気が弱いし、ひけ目を感じてとてもたまらないでしょ？　それより今はまだお医者の手が必要なんだから、そのときどきに払える範囲で滞りなしにいたほうがいいんじゃない？」

「そんならいっそうちへ帰ったらどうなの？　うちなら気がねがないし、部屋代もいらないもの。」

押えかねるものを押えた。「ねえ、少し私の身にもなってくださらない？　でききらないものは、どうしてみようもないわ。」

「そんなことないよ。その点、ぼくはできないことでも沙生はなんでもやっちまうもの。いつもそうだもの。手術だってあの通りにしてくれたじゃないか？　誰だって見舞に来た人で、それを云わないものはなかったもの。木村なんか、おまえはだめなやつだが、あの女房貰ったことだけはえらかったなんて云ってた。ほんとにそう思うよ、ぼくも。それにうちのお金だってまだ何かあるんじゃないかな、かあさんに訊いてみよう。悪いけど沙生のとこのおとうさんにももう少しなんとか頼んでみてくれない？」

沙生は親指の関節へ歯を当てながら聴いていた。そうでもしなければこらえられない夫のことばだった。すごい皮肉だと思われた。底意地の悪いいやがらせ戦法だとしか思われなかった。夫の云うように沙生はみんなから褒めものにされていた。没落の家に踏みとどまって、病気の夫に大手術を受けさせ、それも一文もないなかを知慧と誠意で押しきって一級のりっぱな病院生活をさせてい、自身は相変らずな貧しいなりをかまわずひたすら夫に尽している、というふうな云われかたで。——実家の父のあれまでさっぱりとした好意も、姑の物案じも、あわれに幼いものの観念した寂しがらなさも、人々のそれは大変だと云って快く駈けまわってくれた紹介も、もとの商売なかまや使用人の見舞ぶりも、みな蔭にされて沙生ばかりが褒めものにされていることの、ひとりぼっちさ。光るなんてことは自分一人が光っても、肝腎の自分には明るさを見て楽しむこともできはしない、光は自分から外へ出て行っているんだもの。みんながいっしょに光ってこそ、こっちから人の明るさを見ることができて楽しいのだのに、光るべきはずの一緒にいた人がみんな光らなくされて自分ひとり光らされていれば、光の楽しさはなくて、光らされているだけに身動きもままならないつまらなさ、てれくささ。見当違いに褒められていて沙生はぴかぴかとひとりぼっちだった。だからこそ、せめて夫が「いやに光るじゃないか」と、光りものでない実体を証明してでもくれれば、どんなに嬉しいか、どんなにひとりぼっちから救われて自由にのんきになれるか。それを、光るものでない実体をちゃんと知りきっているくせに人の評判をとっこに取って、褒めものだから褒めものだけのことはできるだろう、手術のあの運びかたができたのに予後のことができないとは、という云いかたをされては、わあと泣きたいのである。なんでこんな云いかたをするんだろう。夫ならいくら病気でも、そんなぴかぴか光っちゃってひとりぼっちになっている妻を、なぜかわいそうだと思ってくれられないんだろう。泣かないかわりに沙生は親指を嚙んで痛がらせていた。

「それじゃしようがないのね。私、そんな何でもできるえらい女じゃないんですもの、できないと云ってるのにあげ底はないのよ。私のないと云うお金はほんとうのないで、自分のいるだけはどけておいて余りの金がないというないとは違うんだけど。それがわかっていただけなければしようがないわ。こうしていられるだけはこうしていらっしゃい。そのあとのことお姑さまに御相談なさるなら、あしたでもお連れして来るわ。父も連れて来るからあなたからおっしゃってみて頂戴。」

「まあ、そう興奮しないでくれないか。ただぼくは、あそこからここへ出て来てやっとほっとしたのに、又あそこへ帰るのはなんとしても辛いな。体裁がわるくて恰好がつかないものね。下から上へ行くのはいいけど、上から下へ戻るのはたまらない。」

夫のことばは、のたのたときたない泥の縄みたようだった。しっかり口を結んで、そのきたなさがこっちへはいって来ないようにしていた。

　姑が来て親子二人はひそひそと話した。姑がしきりになだめているようだった。姑だって息子にしてやる資力がないのだから、嫁と同じように説得するよりほかはないと思われた。借りられるところはほとんど借りてしまっている上の病気であったことは姑もよく知っている。ただ一ツ残っているのは姑が自分の株券を手放してこのままの状態を息子に続けさせるかどうかである。もし姑の金を遣うことになったら、そのときは、経済を姑に見てもらうことを提案しようと考え、もし実家の父にと云われたら、借金をするのだがそれを承知かと押しかえし、承知だと云ったら、お姑さま直接に行って頼んでくださいと云おうと積っていた。

はたして姑は説得一本だった。姑にして見れば齢をとっていて、株を放せばそれなり収入の道はないいし、いまさら兄息子の家へはいってもおちつきはないのがわかっていた。「病気が云わせるわがままですからね、気になるだろうがそこをどうかね、折角こんなに面倒見てくれたあなただもの。今度のことは全部沙生さんのおかげですよ、感謝してますよ。病人は子供みたいで困るもんですよ、どうか気長に見てやってください。いえ、部屋なんぞもうどこだってよござんすよ。別に部屋でお手当がきまるんじゃないでしょう。ただね、まあなんですよ、あのひともああいうところを知らずに過ぎて来たんで、ばかにおちぶれたような情ない思いがするんですよ。」

沙生は元気がなくなった。里の父親をいために行くほどの姑なり夫なりであってくれたら、まだましだった。そして、そういうことをもし口に出して云ったらこの姑とこの夫は、「なんてむずかしい人なんだろうねえ。おとうさんのほうへ行くのはいやらしい口ぶりだったからこそ、三等へ移るつもりにしたのに、そうすればしたで今度は、おとうさんへ行って頼んだほうがましだなんて云う。どっちをすればいいんだか、むずかしい人で困らせられるね。」だろう。姑にとってそういう沙生は、理不尽な云いがかりをする人、わからず屋なのだ。

夫はもとの入込みへ移った。移るのではなくて、沙生に移されたのだと、無言でそう云っていた。なるほど同室者にもおかしな空気があった、――「やっぱりまた帰って来た。一等なんて無理なんだ、続くもんか。長くなりゃ誰でもみえは張りきれないんだ。」沙生に対しての付添たちの態度も、あちらにいたときは廊下で逢うと丁寧だったのに、こちらへ帰ったら軽蔑がちらつく。「よく恥かしくもなく出戻りになって」とか、「いくら気が強くてもない袖は振れない」とか、「手術だけ一等にして、ちゃっかりだねえ」とか、うちの若い付添さんが取次役をしてくれる。夫はそらぞらしく同室者に愛敬がよかった。わざと下手に出ることで、彼の云う体裁わるさ、顔のなさを取繕おうとしているらしかった。人知れずベッドの枠に触れてみて、沙生はあの日のみじめな夫を清いと追憶した。

夫はそれでも徐々に恢復した。流動食がお粥になったままでいつまでも細い食事だったが、この部屋へ来てしばらくすると、たべついてきた。せめてもの収穫だと気が晴れた。乏しいなかからあれこれ考えて、夫一人分の菓子やら果物を持って行った。手術のあとは聞き伝えてむかしのなじみがいろいろ見舞ってくれたが、そのときは捗々《はかばか》しくたべられず、その後は見舞客も足遠く貰いものもなく、いまはもう長い病人を人は忘れていた。そしてやっと食づいてきた。これからほんとに快癒するものと思われた。沙生の択んで買って来るものは、きっと夫のうまがるものだった。そんなことで沙生はやっと夫婦を繋ぎとめる思いだった。長年の妻であったからこそ、ぴたりぴたりとたべものが調《ととの》えられると思う。いい日にはいい目も見せてもらったのだから、いまはたべものごしらえ専門でもいいと思う。医師は、何でも好むものをどんどんたべさせるようにと云って、規定の食膳のほかに妻の料理を許してくれた。

さんざ肉屋を吟味した上でロースを二十匁買った。二十匁はフライパンのなかで、ちーちゅーと焼けた。さしみは一人前を買わなかった。とろだ、中とろだと文句を云い云いお皿へ五《いつ》きれ盛ってもらった。鳥はささみを二本買って揚げた。こめかみの骨の高低《たかひく》を動かして夫はたべた。ひたすらなたべかただった。たべるまえに、「ごはん何？」と訊くとき、楽しく幼い眼をしていた。たべてしまって、「ありがと、うまかった」と云うとき、満足で幼くなっていた。沙生は優しくなって頷く。優しさに情なさがまじっていると思う。みじめなものを見て気に入り、情ないものを見て優しくなるのだなと思う。自分は気むずかしいばかりでなくて、いやなやつなのかなあと思う。それはとにかくとして、同室者は夫の食事へ目を瞠りだした。云いたい口に蓋をして眼だけでじろじろやっているのだった。看視つきのたべものごしらえである。

一ト通り手料理に飽き足りてしまうと、夫はてんやものをほしがりだした。財布はぐっと詰っていた。いるところでなくて、たべるものとなると、沙生にはものを云うせきがない。ことに後れている恢復期なのだ。今たべさせなくては取りかえしはもっと後れる。姑に、「お姑さんの召しあがり料を半分あのひとに分けてください」と云った。「私がお金で頂戴しないで、なにか好きそうなものを買ってやっていただけませんか。紙包みを明けるのがどんなに楽しいかわかりません。」

姑は驚いていたが、ことわれなかった。父のところへも行った。

「大病のあとはそういうもんだ。むかしはそれを渇きなんて云った。」父には金で貰った。

それだけでは気が済まなかった。古道具屋を喚んで三面鏡と小箪笥を払った。そこらを見まわしていて古道具屋のほうから、「奥さん、このつぎはこの大きい箪笥頂けますか」と云った。

もう中はから同様なのだ。そう足もとを見ているのだから、二度手間をかけることもなかった。「ついでに持って行ってよ。でもあなたのほうでほしがったんだから高いわよ。そこいらのもの何でもほしがって頂戴。高く売るから。」

「へへへ。」いやな響で笑うなと思い、つまらない会話をして自分からいやな気もちを買ったも同じだと思った。ものは惜しくはないが、わびしく投げた心で売った。もう売るものもいよいよないのに、最後をこんなくだらない「へへへ」に飾られて売って、惜しいことをしたと後悔がのこった。

　金のことなど一ト言も訊かないで夫はねだりごとをした。いくらでもたべろと思っていた。あの店の何、このうちの何、鰻はどこのは大串がよくて、いかだはどこのうちのがうまい、天ぷらは、鶏《とり》は、ビフテキは、ハムは、タンは、精進は、支那料理は、つけものは、……沙生はなにも逆らわない。黙って、くたびれたと心のなかへ書いていたし、子供にもたべさせたい、あたしもたべたい、でも子供とあたしは、おいしいもの、いいものをこんなふうなたべかたはしたくないのです、と腹のなかへぎりぎりと書きつけていた。うまいもの屋のうまそうなものを夫にたべさせながら、すさまじく唾液が出て来ることがあった。

祝辞

　食事のコースもなかばを過ぎ、はじめ固苦しかった客たちにも、すっかり寛いだ空気が行きわたって、久夫と甲斐子の結婚披露宴はいまたけなわというところだった。会場いったいに満ちている雑談のざわめきを抑えるようにして、司会は声を張った。

「ただいま化粧室のほうから、花嫁のお色直しの着つけができたと、知らせてまいりましたから、もう間もなくこれへ見えることと存じます。ところで、これは司会の役柄をふみ越えた、私勝手なおしゃべりでございますが、ひとこと素っぱ抜きを申上げさせて頂きます。それはここに花嫁の装って出ます振袖のことなのでございますが、なんとこれが新郎久夫君のデザインなのでございます。久夫君は、彼の専門である室内装飾にかけては、その強い才能と優秀な技術とで、今後もたくさんの傑作をみせて我々を楽しませてくれると思いますが、キモノのデザインとはおそらく、彼一世一代、記念の作品というものだと思います。由来、記念の作品などと申すものは、そうやたらと生れるものではなく、湧きあがるような感動があってはじめて制作に至ります。洩れきくところによりますと久夫君は、自分のいちばん好きなひとを、自分がいちばん気に入る装いで飾りたいのだ、といったそうで、着物の地染はくろうとの染物師をわずらわせましたが、地染の上におかれた花模様は久夫君自身が色を溶き、筆をとったものでして、さきほど花嫁にうかがいましたら、描かれた花は全部で百種をこえているそうで、そう聞きました時から私はどうやら花の香りのこまやかさに酔わされたのか、あてられたのか、このように余計なおしゃべりも、ぜひに申上げたい心境になった次第でございます。お許しを賜りますよう、あ、花嫁がみえました。」

水際だった甲斐子が入ってきた。ほう、というような息を抜いた一瞬の讃嘆があってのち、強い拍手がきた。白一式の平凡な式服のときの、おとなし向きとはからりと変って、いわば性格をはっきり打出した着換えぶりを、見せたのである。紹介のあった久夫デザインの衣裳も、たしかに目をみはらせる強い調子のものだった。からだを横三段にわけて、肩から裾へ赤、青、黄とぼかし、その地色へごたつかないようにして、百種あるという花が、あるいは群って、あるいは散らして置かれていた。胸から腰へかけて青くなるところは、ちょうど帯のしまるところだが、金襴だとか綴だとかいう、いわゆる普通の帯の常識をさらっとよけて、きものと共布を共色の青に染めて、そこにも花が描かれていた。どう見ても呉服屋の作った着物ではなく、また女がたやすく選ぼうとする衣裳ではなかった。強い調子だが、やさしさがあり、一目では斬新に見え、二度見れば古風なようなのである。

その着物を着て、甲斐子は実にいきいきとみえた。髪は島田のかつらを脱いで、特徴のあるいつもの、小さい頭にしていた。その小さい髪型が、自分にはいちばんよく似合うと主張して、美容師がいくら場所柄だの流行だの、着物との釣合いだのといってすすめても、いうことをきかなかったのだが、そう押し通すだけのことはあった。肩から両腕へかけて真赤な着物は、小さく引締まった頭で、ちゃんと押さえてあるという感じだった。なぜ小さい頭にするかといえば、前髪を掻きあげるからであり、なぜ前髪をあげるかといえば、うまれつきの生際が女にはあまり見ない、くっきりと濃い雁金額《かりがねびたい》だからだった。古風な生際なのだ。だが特徴である。そのままにかきあげ、うしろにはゆるいウェーヴを二段ほどつけて、襟足いっぱいに切りそろえた小さな髪型である。むき出しにした額は明るく、あどけなくもあり、万事心得てそうしているような、怜悧な印象も与え、甲斐子は首をたててほほえんでおり、魅力があった。

「なるほど傑作だ、着物もひととも！　あまくっても仕方がないな、まあ勘弁しとくか」と友人席から笑いが立った。

花嫁の着席を待つようにして、一旦途切れていた祝辞がまた続けられ、司会に指名された人へつぎつぎにマイクがまわった。嫁方の人への指名が多いようだが、と甲斐子は気がついた。だが、色直しの着がえに立っているあいだに、久夫方の人の祝辞は済んでしまったのか、とも思った。酒気もまわったことであり、話はどれも軽く上手で、宴は進行していき、祝辞の打止めのような形で、年配者の岩田氏が名指された。甲斐子の父の同郷の先輩であり、甲斐子の兄や姉の結婚の時も来て、おだやかで品のいい締め括りの祝辞を述べてくれたのである。ところがどうしたのか、いつもと調子がちがっていた。妙に固い説教めかした話しかたで、夫婦というものは病気の時や、不如意に落胆した時が大切なのであり、ことに夫はそういう時には、妻に対して親切をつくすべきである、と何度もくどく病気、不如意という言葉を繰り返した。年齢だといっても、呆けて言っている様子はなく、なにかそういわなくてはいられないものが心中にあるような熱心さで、押しつけがましく話しているのだった。聞きようによっては、新夫婦の前途に不幸不如意があるのを、見越してでもいるかに取れて、あまり気分のいい話とは思えないのである。しいんとしてしまった。誰もが笑いを引っこめて、面白くなさそうな表情になり、女たちは伏目に、男たちは溜息をした。

　久夫も微笑を消していた。甲斐子も意外であった。父母のいる席を見ると、母はまるで顔が見えないほどに頭をさげ、父は顎をひいていた。そんな並びかたをしている両親をみたら、ふと、これは母が岩田さんへ何か、愚痴をいったのではないか、と勘ぐられた。二年ほど前から母は、胃が重いとか、動悸がひどいとか、医者にみせれば、たいしたことない、と診断する軽い故障を、絶えず訴えていた。はじめのうち父は心配し、医者へききにいったりしていたが、そのうち投げたようなふうに、おまえは有閑病の気病みだ、地震のひどいのでも来れば一遍にびっくりして治っちまう病気だ、ときめつけた。そして別にそれがきっかけというわけでもなさそうだったが、久しく止していた晩酌をまた始めた。母はその晩酌を面倒くさそうにして、気分がすぐれないのだから、おさけの肴など小まめなことはできない、などといった。

　甲斐子は母が本当に深い病気をもっている、とは思わなかった。定評のある偉い先生にもしらべてもらった結果、心配はないといわれているからである。だが、父のいうように、子供たちも育てあげて、安心有閑になったからの、所在なさの病気好みだとも思わない。老衰に気づきはじめたのが原因で、些細な肩凝りや食もたれさえも、病気として恐れるのではないかと考える。その不安を父がまた歯がゆがって、容赦もなくけなすし、それだから母は癪にさわる。母が年齢なら父も同じく疲れてきている。妻にくしゃくしゃにされてはかなわない。もともと好きなのだから、晩酌の二本やそこらは、父には当然ゆるされていい慰めだと思う。けれども病気のことで癪にさわっている母は、父の楽しみへ冷淡であり、だから父はよけいおこることになるのである。ながい夫婦の仲なのだから、両方がいくら愚図愚図いっても、大丈夫なのだと思う。姉たちも笑ってとり合わない。だが、時によると父も母も、本気に不快そうに見えることがあって、甲斐子はそれを心にとめていた。

だからもしや、何かの拍子に今度母が、岩田さんへうっぷんをでも訴えたのではないか。岩田さんは面白味のないくらい真っ正直な人だから、それが胸にあったせいで、いつもと違ったへんな祝辞をいってしまったのではないか、という疑いが起きたのである。そして、それは自分の思いすごしだ、と甲斐子は思い、披露宴のさなかに母を疑ったりして、ほんとになんというよくないことをしたものだ、と申訳なく反省した。卓上の菊の花が香りを流してよこした。

そのあと、司会が一生懸命に骨を折っていたが、会場の空気はもう下火になってしまい、お開きに拍手を頂戴したいとねがい、人々もほっとして、勢よく手をうち、辛うじてそれで賑やかな形がついて、宴は済んだ。新しい夫妻はそのホテルに一泊する予定だったので、客をすっかり送り出すまで、ホールの出口に立って挨拶をした。甲斐子は自分達の室へ引きあげて、化粧おとしをしながらも、まだ岩田さんの祝辞にこだわっていた。というより、あの病気の時、不如意の時こそ、という言葉をなんとなく、早く忘れてしまいたい、と思っていた。

旅行から帰って、新しい住居にものの置所などが、やっと一段落した頃、式当日の写真が出来てきた。いい出来といえた。撮影技師にうでがあるのか、それとも写される二人が自然だったのか、とにかく人柄のにじみが撮れている写真だった。久夫はどことなく優しく、甲斐子にはきっぱりとした様子が漂っていた。その夜二人して、両方の実家へとどけに行った。久夫の父は祖父の代からの洋品店を経営していて、戦後はぐっと成績があがって、人手もふえていた。久夫たちの行った時は、もう間もなく店の戸をおろすところで、まだ店員たちがいた。お茶を運んできた女中さんが写真をみると、せがんで店の人たちへ見せに持っていった。

店員の溜り場は、奥へ通じる廊下のかげにあって、そこからは廊下を通る人がよくはみえず、廊下を通る人も溜り場はのぞかなくては見ることができない。だが、声はきこえる。甲斐子は洗面所への通りすがりに、写真の評をきいた。

「結婚式専門の写真屋からきいたんだがね、この写真みたいなの、将来があんまりよくないっていうよ。」

「なぜ？」

「花嫁が反ったポーズだし、久夫さんだって一人にはなせば一人立ちになる恰好だもの。切っても切れないという、寄り添った雰囲気がないんだ。写すほうじゃ、随分気をつけてポーズ取らせるんだけど、本人たちの持ち味はかくせないっていうよ。」

「ふうん。そういえば甲斐子さんは、ちょっとこちっと来る感じあるわね。」

甲斐子たちは見合結婚である。両家は家風がまるで違っていた。久夫の家は物質面にゆとりのある商家であり、もの言いはあけすけで、老婢までが威勢がよく、賑やかな生活である。甲斐子の一家は、財産というものがない。けれども父は教育者だから、そう上すべりした日常ではなく、落つきをもった暮しぶりである。この相違が縁談の最初から、実は双方の親たちの案じるところだったのだが、当人たちはその相違へ点数をいれた。久夫は甲斐子のまわりにある静かさを好ましく思い、しかもその中にいて意志的で、敏捷な甲斐子をさわやかでいいと見、甲斐子は逆に、自分の家にはないチャキチャキした家風と、こせついていない久夫の性格をいいと見た。出発は見合いの形式だけれど、互に気に入ったのだし、十分たのしく愛情をちかい合っての結婚である。だがやはり、恋愛から発足した結婚のように、すでににかわでべったりと接着している、強い結合とはちがう。これから強くしていかなくてはならない、脆弱な部分があることを甲斐子は承知していた。婚約期間がもう少し長ければ、恋愛の出発と同じになれるかもしれないのに、と思う。たった三ヵ月の交際だったのである。はからずも聞いた店員たちの雑談は、そのこれからにかわで接合させていかなくてはならない隙間を、早くも見抜いているかのようにきこえた。他愛ない雑談とは思うものの、爪ぎしのささくれみたいに、触れられればびくっとする痛みがあったし、今後も他人からしばしば思いがけない時に、こういう隙間をほじくられることもあろう、と考えさせられた。

結婚して一年は二人きりの生活でいた。はた目にも甲斐子はほんとうに楽しそうにみえ、事実また性格が柔かくなったようだった。娘でいるうちはてきぱきしすぎていて、かえって人に嫌な感じを与えていた。たとえば鏡台の抽出しも、台所の食器戸棚もいつもきっちりと、ものの在り場所がきめてあって、自分も決してそれを乱さないし、人にも乱させない。もし乱す人があれば、かならず乱さないようになるまで、追いつめて許さない。自分にきびしいのはいいが、ひとをゆるすことの少ない、頑なせまさがあるのが惜しまれた。何度注意してもその癖はなおらなかったのだが、久夫と二人きりの生活に入ると、その点がかわった。茶だんすの浅い抽出しには、スプーンもナイフも菓子楊子も、他愛なく乱雑に投げ入れてあるし、下駄箱には横倒しのハイヒールの上に、平気で草履がのせてあったりした。ひとを愛せば、横倒しにころがった靴をおこす暇さえ急いで玄関をあがってしまうこともあり、スプーンを整頓する手間さえ怠って、ちょっとも一緒にいる時間を長くしようとする。愛情が甲斐子のきちきちしすぎる習慣を、ルーズという形で変化させていき、ひとは甲斐子が、柔かくやさしくなった、といった。

実家では甲斐子がいなくなってからは、老夫婦二人だけの、いよいよ静かな日々なのだった。このごろは母の病気ぐせも、一落付き治まったらしく、父もあまり不機嫌ではない様子だった。

「お父さんはいつか、お母さんの病気はちょっと大きい地震でもあれば、すぐ治っちゃうって、意地の悪いことといったでしょ？　でもあの説はだめだったわね。地震などないのに、治ったようじゃないの？」

「いや、地震はあったさ。おまえが結婚して出ていったのは、いろんな意味で地震なみの一大事だよ。三人の子の、いちばんお仕舞の地震だ。」

親にとって子供達の結婚は、その度に予期していながら、しかしいつも急に来る地震であって、ことに最後の子のときは、こちらももう年齢をとっているから、揺れ去ったあとも淋しさが相当にこたえて、親は二人とも段がついて気弱くなるし、互にかばい合うよりほかないんだよ、という述懐はしみいるような感情があった。甲斐子は父母への思いやりが足りなかったことに、今更気付く。

「ごめんなさい。自分のことでいっぱいになっていて。」

「――順送りなんだから、これが当り前なのでしょうね。それより、いまあなたは新婚の楽しいさかりだけれど、しっかりと沢山楽しんでおいて頂戴よ。あとで役に立つわ。」

「へえ、なんの役にたつの？」

「いろいろとね。だからさ、夢みたいにふわふわ喜んでいないで、どんなことがどう嬉しかったか、忘れないようにおぼえておくほうがいいわ。他人同士は五十六十になれば、もうあまり喧嘩なんかしないけど、夫婦は年とっても、何度も不愉快をぶつけあったり、我慢しあったりするもの、そんな淋しい時に楽しかった記憶が沢山あるほうが、しのぎいいわ。すくなくもあたしはそうだわ。」

そういうものか、と思うし、母には四十年の結婚歴があると思わされた。

二年して男の子を生んだ。出産のその日から、夫婦は二年間の二人だけの生活など、他愛もなく吹きとばされてしまった。親という名で呼ばれるようになったとたんに、二人は新しい生命へかしずく人にされて、男親の久夫ですらが、家庭内では、赤ん坊の寝息をうかがってでなくては、自分の時間など持てなくなった。まして甲斐子は一度に多忙にされ、しかも手がまわりかねた。しばらくのあいだ、うちの中はごった返していた。

そしてそのうちにだんだんと、親子三人のくらしの、手順が定まってきたとき、甲斐子はもう一度以前のきびきびしたやりかたを一部は取戻したように見えた。子供の衣類やおしめは四角に畳まれ、入れ場所は決められて乱れることはなかったし、育児用具の消毒はルーズでなかった。その点では臨時のお手伝さんにも、容赦のないもの言いをしたが、けれどもすべてが元に戻ったのではなく、赤ん坊以外のことではきちんとは行届かず、久夫のハンケチ箱にはアイロンの当ててない、洗濯皺のままのがつくねてあり、雨降りのあと、レーンコートは三日も玄関の衣裳釘にかけっ放しだったりしてあやまる。新婚の甘さを味わって、やっと自分をも他人をも柔かく許すすべをおぼえ、赤ん坊に追いまわされてようやく人の許しを乞うことを教えられる。甲斐子は久夫が人なかで、ぴんとしていないハンケチを出して手をふくだろうことを想像すると、かわいそうな気がして、ごめんなさいと人しれずあやまりたくなる。そしてそれを実家の母は、はじめての子を持った若い妻の、夫への特別な愛情だ、といった。

「それが二度目の子の時代になってごらん。ハンケチなんぞ洗いっぱなしが当り前、アイロンなどかけないのが当然、ごめんなさいどころか、洗ってありゃオンの字でしょ、といいたい気持になっちゃうのよ。だからね、いまのあなたの、済まないなというような優しさは、最初の子の大忙がしなあいだの、ほんの短いうちにだけ感じる愛情よ。些細なことだし、平凡なことだし、誰もそんなことをいつ迄も気に留めちゃいないけれど、年をとって頑固になってから、ふっと思い出すと、ああ、あたしもあの一時期は、若くて優しかったものだな、と思うことあるわよ。」

ハンケチなんか、もとより一大事な事ではないが、いわれてみると、済まないと詫びる、かすかな痛みを伴った愛情は、粗末にしないほうがいいように思えた。

久夫の仕事もまず調子よくいっていた。建築ブームの時代で、大きなビルも小さい住居もわんさと建築されていて、次々と仕事があった。二男で、充分な財産をわけてもらって独立したのだから、久夫は父と兄の店を手伝う義務もないし、野心もないし、洋品とは縁遠くなってさばさばと自分の仕事をしていた。洋品店のほうでも、全く久夫を必要としていなかった。親子兄弟のつながりと、生きる道のちがいは、また別問題だった。両方で無関係だった。久夫は実家の業態だの、兄の行動だのを少しも気にかけていなかった。そして不意に、父親の健康がすぐれない、という知らせをきかされた。見舞ってみると、容態はそう心配なものでもないようだったが、甚しく気力が衰えているのを意外に思った。

兄の失敗を知ったのは、それから間もなくだった。株であった。父は驚いて、店を守るための手段をつくしたが、苦しみの多さに比べて効は少なかった。兄はのぼせ切っていて、父の制止も間に合わなく、あとあとと不手際をした。とうとう老人のほうが先にまいって、しかし気楽に病んでいることも叶わなかった。絶えず心に重荷があって、哀れだった。

「気の毒だけれど、久夫にも助けてもらわなくちゃ。」

兄は弟の目を見つめて、有無をいわさない口調だった。勿論、あたう限りするつもりだった。兄へよりも、父への気持がせつなくてたまらなかった。久夫の事務所の土地と建物の権利は、兄の手によって、ややこしい金策の種になった。

「僕の財産は事務所だけだったんだが、それも元はといえば、お父さんの儲けから出たものなんだから、甲斐子にも延夫にもかんべんしてもらうよ。」

それで急場がしのげるものではなさそうだとわかっていたし、共倒れになるという恐れも知っていたが、兄の様子をみていると、それよりほか仕方がなかった。兄は今迄見せたこともない、凄いような表情をちらちらさせ、その場しのぎのことを平気でいう人になっていた。甲斐子にもおべんちゃらをいった。それを聞いていて甲斐子は、不安が自分たちのすぐそこへ押し寄せてきているのに、怯えないわけにいかなかった。久夫は止むを得ず、ちょいちょい兄の相談ごとに呼ばれて行かなくてはならなかった。根がやさしい気性なので拒めないのだし、行けば父親にたよりにされ、苦悩を持ちこして帰宅するのだった。慰めはまだ口もきかない延夫だった。

「赤ん坊がいるので救われるなあ。おやじさんの哀れなのや、兄貴のへんなのや、浮世のいやなものを見てきたあとで赤ん坊を見ると、つくづく綺麗だと感心するねえ。」

「――ねえ、あなた巻きぞえにならないように気をつけてね。お金や土地の権利などは仕方がないとあきらめてるけど、あたしはあなたの置かれている位置を考えると、不安でたまらなくなるのよ。それに精神的なよごれに巻きこまれやしないかというのも、心配なの。優しい人は食われ易いんですものね。」

兄夫婦は店の奥の住居に、父たちと一緒には居にくくなったらしく、見すみす容態がよくはないのを知りながら、離れたアパートへ越してしまった。それから二ヵ月して、父親は逝った。久夫は黙然として、喪の席にすわり、落ちつかぬ立居をする兄とは、あまり言葉も交さなかった。

甲斐子は実家の父母に、この際自分の宅へ姑に来てもらうべきかどうか、と相談した。老夫婦の意見は一致していて、不可だった。人情は人情、道は道だ、といった。道というのは、次男の嫁が先走ってそんなことをいってはならぬというのではなく、また、長兄夫婦が老母を引きとるのが常識だというのでもなかった。母自身が先ず考えて、身の振りかたを決め、みんなもそれをきいて考えるのが、順当だろうし礼儀でもあろう、という。甲斐子宅へ引きとるのが不可だというのは、甲斐子には母を世話するだけの力量があるまい、と見るからだと言切った。姑は商家の主婦としての経験をもっている人であり、老いていま不仕合せのなかに夫に先立たれ、大きな苦しみを持たされている人を、とても甲斐子が育児と家事の合間に、居心地よくしてあげられるとは、思えない。つまり力量にあまる事柄を引きうければ、最初の好意は、途中から空しく恨みに変るだろう、というのだった。

「もっともあちらのお母さんがそう希むといい、久夫君もそうするというのなら、話は別だし、またおまえがお母さんをほっておけないというなら、役に立つ方法は引取って同居とばかりは限るまい。冷淡なようでもあたし達は、力量につりあわない人情はだめだと思うね。」

親戚が集って相談した。誰もが店はさっさと整理してしまうようにといった。兄は信用がなくて、整理さえ任せておけないといわれ、久夫は兄をはぶいて自分で一人するより、もの慣れた叔父達に一切まかなってもらうほうが明白でもあり、賢明な策だといって頼んだ。兄との後々の紛糾をさけたい意向であり、その言分はみとめられ、整理のこと一切は親戚みなの立合の上でと決った。久夫はこれで、この事件に関してはこれ以上の、金銭的なかかり合いをのがれたことになったが、その代りのようにして、母のことを切り出された。母は兄息子のアパートへは行けないというし、母のさとの弟夫婦が、よかったら世話をする、と申出たのもうけいれなかった。久夫のところへも気がすすまないようだったが、さりとて一人で借り部屋に暮すこともできない、となげいた。身ひとつを何処におくのも不本意不満足なのである。結局、甲斐子の予感が当ったようなことになって、久夫宅は一人増員した。実家の両親がいったように、甲斐子は忽ち自分の力量の不足を、思い知ることになり、一つ一つ好意が裏返しになって、恨みがましくなるのを悲しんだ。

重苦しい毎日になった、そしてだんだんにわかって来たのは、久夫の父の発病からの、この短い月日のうちに、久夫がすっかり裸になってしまっていることだった。事務所をとられたばかりでなく、小さな積立預金までカラになっていて、夫はそれを黙っていた。多分、話しづらかったのだろうと推察するのだが、これで家内の誰かが病みでもしたら、と思うとぞっとする。子供は二人ほしいと、以前から計画していたのなど、こうなっては予定のようには行かないことが明らかだし、甲斐子はそれをひどく不快に思う。事務所をなくした久夫は、他に借りるよりも手軽だからといって、住居の一部を改造して間に合わせていた。それだけ手狭にはなったわけだけれど、夫がいつも一つ屋根の下にいることは、ことに姑も一緒に住むようになっては、甲斐子には何彼とかえって心丈夫であった。だが、仕事上のわずらわしいことも、一々耳に入ってしまう。今迄は知らずに済んでいた、仕事関係の諸払いのことも、夫が毎月支払いの日に、かなりな算段をして苦労しているのも、ひとりでに聞こえた。支払いが滞っては、図をひく人も実地の人も気が動揺していて、使いにくそうだった。

そんな中で久夫が教育し、世話をして、信頼していた青年が、他社にひっこ抜かれた。さすがに久夫もかっと立腹したが、翌日には思いなおして、もう一度こちらで働いてくれるように下手に頼んでみるといって出掛けた。結果はみじめな思いをしただけだった。一人そうした見本が出ると、つぎにも脱落する者が出た。手足のもげていく思いである。もう腹もたてず、久夫はじっとしていた。姑はその成りゆきを歯がゆく思って、励ます気らしく、口をはさんだ。

「そんなことぐらいで気が沈んじゃ、意気地がないよ。お父さんなら愚図ついてないで、もっと強気に出るだろうよ。あんたはなくなる前のお父さんの、気の弱いところに似ているよ。だけどあの人は、あんたの年ごろには、そりゃ胸のすくような取引をしたもんだ。」

そんな月並なことを悠長にきいていられないほど、久夫は心ぜわしくもあり、気もいたんでいた。嫌な顔をかくさずに母へむけた。

「——僕はいま苦しんでいるんですよ、お母さん。それを下らない棚おろしなんぞして、何の役に立つと思ってるの？　不愉快なばかりだ。ちっとは助けにもなって下さい。いいですか、僕がいま必要でたまらないのは、どうやったら打開できるかという、打開策だけなんですよ。それ以外のことはききたくないや。」

窮屈だから行きたくない、といっていた実弟の家へ姑はとまりにいくといって出て行った。久夫はそれにまた痛みを感じた。甲斐子もいうべき言葉を見出せなかった。新婚の日、産院から赤ん坊を連れて帰ってきた日、それ等の幸福は、どうしてこの家から消えてしまったのだろう。姑もまた、つい先頃まであった幸福と平和が、どうしてこう急に取りあげられてしまったのか、多分呆然としているに違いないと察しられた。兄の不始末から発したことなのに、と思う。関連とか、連帯とかの恐ろしさ。身のまわりすべての角度から、不安不幸に押しよせられているような感じがあって、甲斐子は気がたかぶる。
あんなに活気があったのに、久夫の仕事はぱっとしなくなった。依頼者の量も減り、質も落ちていた。足掻いても足掻きがいがなく、ひたすらする努力もあせりを深めるだけになり、立直れないのだった。なんとかしてと久夫が苦慮し通しなのと同様に、甲斐子もどうしたら切り開けるか、と思うことはそればかり、それでも甲斐子には延夫という息抜きがあるが、久夫は子供にも構ってはいられぬ、というふうだし、妻の心づかいをもうるさそうにした。いまが頑張りどき、辛棒はここだと承知していても、甲斐子はつい何度か、ふきこぼすような嫌味をいった。言ったあとの味気なさ！

そしてそういう時、必ずふうっと浮かんでくるのが、結婚式の時の岩田老人の、長たらしい説教調だった。——病気のとき、不如意のとき、自分たち夫婦がどんな夫婦だったかと、改めて思い知らされるものでありまして、——あの時、久夫はなんだか自分にあてつけていわれているような気がしたのだし、甲斐子は当時病気がちだった母が、老人に愚痴をつきあげたのかもしれないと疑ったが、それ等はみなめいめいの一人思案だった。あの年の暮に岩田さんは奥さんをなくした。旧友の甲斐子の父にさえ黙っていたが、あの時すでに岩田さんは治らないとわかっている奥さんへ、看病の努力をつくしていた。押しつけがましい、悲壮なような、場所に合わない口調は、岩田さんとしてもどうとも仕様のないものだったろう、とあとでみんなが同情した。それ故にあれはよけい印象ふかいものになったし、それに家庭がこんな状態になると、いやでもしばしば想い出させられた。自分たちがどんな夫婦だったか、改めて考えさせられる——久夫が愁いに閉ざされて、家庭の愛情にさえそっぽをむいているような態度も、よく理解できた。だから文句はいわない。でも、甲斐子は寂しさのあまり、この頃では意地っぱりが強くなってきたのが、自分にもわかるのである。

どんどん時が流れていった。

「日和待ちにするよりほかないなあ。寝て待つか。」

久夫がとうとう弱音を吐いたとき、甲斐子も我慢の限度へ来ていた。家庭の沈滞した空気のなかをとび出して、新鮮な外の空気がしきりに欲しかった。生き返りたかった。ちょうど先日、耳よりな話がもたらされていた。久夫が大学からずっと世話になっていて、いまも何彼と相談に乗ってもらっている、建築の先生がある。その先生が先日事務所へきて、甲斐子に一週六日、毎日一時間ずつ、小学一年の孫の学習をみてやってもらえないか、といわれた。

「息子はこの春、離婚したんでね。ま、これは倅たちの事で、わたしとは別ですがね。出ていかれてしまうと、どうにも子供をもてあましてね、それで引とりました。だがどうもね、うちの老妻も、年をとって短気だもので、学校のことなんぞ、気ながにやってやれんというしね。忰は夜はおそいし、朝は時間いっぱい寝ているし、わたしも家にはおらんし、老妻と孫と二人して抗議を申しこんで来るんですな。孫は学校から帰ってもつまらない、というし、おばあさんは相手をしたんじゃたまらない、というし、いやもう。」

その話がきっかけで、甲斐子はわくわく外気が吸いたく煽られた。こちらの事情も知っての恩師の話だったから、久夫も渋りつつも許した。

「僕としてはなんだかいやなんだけれど、先生もほんとに困ってるんだろうし、ほかの家じゃないからね。それに他人の子を世話するのも、延夫の足しになるかもしれないから。」

その子、克彦は利口だった。離婚の子は、おどろくほど周囲の人たちの心を読むことにたけていた。延夫も、そして自分たち夫婦も、まだまだこの子とこの子の親たちより、ずっとずっとましなのだ、と思わされた。誠実に学習をみてやった。毎日通うのは、はじめてみると大変だったが、子供はかならず待っていて、甲斐子を迎えるとにこりと喜んだ。克彦の父が甲斐子へ挨拶に出てきたのは、春休みに入ろうという前週だった。甲斐子が通いだしたのは、庭に山茶花のこぼれている初冬だったから、丸三ヵ月ほっておかれたのである。久夫のそっけなさに似ていると、苦笑させられた。

「おかげさまで克彦の淋しさを救ってやって頂きまして。学校のほうも成績があがりましたし、感謝しています。」

離婚は夫婦のことであり、その為に子に淋しさを強いたひけ目が出ており、そのひけ目を幾分なりと補い癒してくれた甲斐子に、なんとなく一目おいた態度をとって話しているのが、気の毒だった。だが、気の毒といっしょに、もっとほかのこと――見合った目が吸いこまれたような――好ましさというか――いい人！　という手ごたえのような――上気したような、恥かしいような気持――帰宅の道々も、行きとかえりとではちがっていた――気の毒といっしょに、甲斐子はそういう気持がしたのだった。

それはそのつぎまた、克彦の父が出てきて逢った時、はっきり「そうだ！」とわかった。自分の心を、そうだ、と確認しただけなのではない。相手もそうだ、と知ったのである。双方ではっきり認めたのである。たしかに、そうなのである。瞬間に、互に、ぴたりと見てしまった。心と心であった。激しい一瞬だった。争われぬ決定があった、その目とその目だった。敏感な克彦が、まじろがずに佇んでいて、大人たちの絡んだ凝視を切りはなし、ふだんのなんでもない目に戻した。

外の空気はやはり新鮮だった。そしてやはり外の空気にも、すぐ苦悩がかぶさってくるんだ、と甲斐子はおもう。正直にいって、人から恋の心をよせられたのには、弾むような嬉しさがあり、満足感があった。久しぶりで、欠けていたものが充足した想いがあった。狼狽もあったが、そんなことはすぐ消えて、待っていたものが来たような、居据った気があった。もっと発展する成りゆきを、心待ちしているものがあった。もとよりよくないことだ、と咎める心がある。なんの悪いことだ？　なにもないじゃないか？　互に言葉ひとつ出さず、袖の端さえ触れちゃいない。なにが悪い？　身体を合わせたって、ただ単なる刺激を求めただけのこと、といって通る世の中だ。自分のこんなのなど、心のなかのほんの一寸したあそびか休息か、コーヒー一杯にも当らないものを、大げさによくないなどとは、ばかくさくて返事もできない——と思うけれども、それはやはり愁いに他ならないものだった。そしてそんな愁いがあるのは、古風な生れつきだからだと、手鏡のなかの雁金額をしみじみと見る。

三度目に逢った時、それは菖蒲の節句に近く、幟が立っていた。学習が済んだあとで、老夫人もその席にいて、お茶が出ていた。その前の時のようなかっとした目でなく、室へ入ってきた最初から、おだやかでさりげなかった。

「どうでしょう、克彦にせがまれて困ってるんですが、今度の土曜あたり、動物園へ連れていってやって下さいませんか。お宅の坊っちゃんと一緒にというんじゃ、大変ですか？　押しつけるようで済まないけど、どうも男やもめは使い易いとみえて、このところやたらと仕事をもたされるもので、土曜も日曜もひまが取れないんですよ。」

さすがに速答できなかった。まどった理由は、明確にあちらの意のあるところが読めたからで、忙しくて行かれないというのは表むきで、実はひょっと急に暇を得た、といって来るのではあるまいか。一歩すすむ気に間ちがいなさそうに思う。そう思うからには、行かないのが普通だった。だが、行こうと、決めた。理屈だの、考慮だのというものではなく、よそうとはせず、行こうとする本能みたいな支配があった。

その日、甲斐子の読んだ通りに彼は、キリンに見とれている子たちのうしろへ現れた。天井や柱や襖にかこまれた中にいる男でなく、太陽の光線に意志をさらして立っている男を、甲斐子は見た。

「あ、パパ、うわあ、パパが来たあ。」

彼はさっと、パパの顔になって克彦へ向いた。

「よかったね。もうライオン見たか？　なにが気にいった？」

「パパ、いつ来たの。おうちへ帰るまで一緒にいてくれる？」

「いや、パパはすぐ帰らなくちゃ。お菓子をね、届けにきたのさ。みんなで食べるようにと思ってね。シュークリームだよ。」

菓子折が彼の手からさし出され、甲斐子はうけとった。彼はそこへかがんで延夫に笑いかけた。

「延夫君いい子だなあ。キリン好き？　おさるはどうかな。」

じいっと見つめて、延夫は警戒していた。じりじりと後退し、固くかためた身体を甲斐子に押しつけ、緊張しながら相手を鑑定しているのだった。こんな時、迂闊に「だっこしようか」などと手でも出そうものなら、ぴしゃっとその手を横に払うような、強いところを延夫はもっていたが、それを見抜いたように彼は立って、自分の子へ話を戻した。

「克彦はお兄ちゃんだから、延夫君を大事にしてあげただろうね。」

「うん、お猿の電車へのった時、つかまえてやった。おっこちそうだったもの。」

「そりゃよかった。キリンのつぎには何をみるのかな？」

自然とひとかたまりになって歩き出すと、延夫も警戒をといて歩いている。小さい靴で、小さい歩幅なのが甲斐子の心にしみた。

「延夫君、動物園すき？」

話しかけられると、さっと警戒するのである。ああともうんとも、首をふる返事さえしないで、じいっと見つめて立ちどまってしまう。彼は上手に、延夫の気のゆるむのを待っては、話しかけた。幼い子は何度さそいかけられても、何度でも応じず、だんだん嫌悪を強く感じるらしく、しまいにはつないでいる甲斐子の手の中の小さい手が、話しかけられたとたんに、ぎゅっと握りしめてきた。さぞ嫌なのだろうと、甲斐子は思わず両手に救いとって抱きあげ、待っていたように延夫は襟へしがみついた。甲斐子の頰が冷たいのか、自分の首筋が冷たいのか、ひゃっこい触感が密着して温かさが通うと、真実かわいくて、思いがけず涙腺がゆるんだ。そして言った。

「なににも代えがたいと思います。」

「――そう――」

「パパ、肩ぐるましてよ。」

子供たちは大人と同じほど、感情がよくわかっていると思う。克彦は、なにかは知らず、感覚的に理解して、父へ甘えるという形で、温かくよりそっているようにみえた。

「甘ったれちゃいけない。パパはまだ仕事が残ってるんだから、もう一度会社へいかなくちゃだめなんだ。克彦は来た時と同じようにして、先生に送って頂いておうちへ帰らなくちゃいけない。わかったね。」

かわいそうなほど素直に、うなずいた。めったに父と一緒の時間を持つことなく慣らされている子は、あと追いをしないであきらめるのである。

「じゃお願いします。さようなら延夫君。」

振りむかないで人波にかくれていく後姿を、克彦は手をふって見送り、甲斐子は抱いた延夫のかげから、延夫は抱かれた身をよじって、見送った。子供たちをベンチにかけさせて、シュークリームの折をあけた。


動物園行きのあと、甲斐子はもう揺れていなかった。一度揺れたが故に、まえよりずっとよく落ついたことになった。折から梅雨期になっていた。しおしおとよく降りこめる。雨の中を家庭教師に通う。克彦の成績は上昇しているし、だんだんと快活になっている。いい生徒である。人情もひかれるし、いい働き口だと思うけれど、夏休みをきっかけにして止めようと、心にきめてあり、後任をさがしてもらうように、適当な時に申出るつもりだった。それまではきちんと勤めたかった。もう済んだことだった。その後、彼は姿をみせず、こちらも逢わないほうが都合がいいのだった。もうちっとも外の空気が吸いたいなどとは思わず、依然として沈みこんでいるわが家だが、それをいとう気はなくなった。

久夫の母は、親類をあちこちと訪ね歩くけれど、行く先々で快くないことに逢うし、また人を快くはさせないことをしでかした。結局やはり居やすいのは、久夫のところなのだろう、出て行ってもじきにかえってくるし、おとなしくなった。久夫は相変らず、晴々とはしていないが、幾分心にゆとりを取戻して、延夫へもまめに気を配っていた。甲斐子が家庭教師に出て、毎日の午後うちを留守にされてみると、妻のありがたさが身にこたえてわかった。仕事が思うように切開けず、一生この程度の生活しかできないかもしれないけれど、それはそれで仕方がないと思う。だからなおさら、家庭はいい家庭に持続しなければ、誰が損なのでもなく自分が損なのであった。仕事に夢中になって、疎かにする手はないのだった。思うままにならないなかで、家庭をどう運営するか、久夫は妻の留守につれて、やっとそのことを考えだした。

うす寒く降る晩だった。事務所は早くひけていた。早く仕舞えるのは、仕事の忙しくない証拠で、うれしいことではないけれど、この頃はそれにもなれている。

「――最初の計画とは、すべてが食違ってしまったけど、延夫ももう四つか。」

「ええ。そろそろ幼稚園の心づもりもしておかなくてはね。」

「それもまあ、新しい計画にするんだな。」

「そうねえ。」

「——出産計画も目茶目茶になったけど、どうだろう? 延夫は一人でいいだろうか。僕は兄さんがあんなふうになって、兄弟というもののやりきれなさを知らされたけど、やはり延夫は妹なり弟なりがあったほうがよくはないだろうか。」

「一人っ子というのは、なんとなくひ弱いみたいね。」

「経済状態はよくないけど、あまり間があきすぎないうちに、もう一人なあ。先ゆきのことを考えると、経済的なことを恐れて、少しおくれすぎた。考えようによっては、我々一年一年としをとっていくのは、それだけずつ若さを食いつぶして、若さの貧乏になっていくことだものね。」

動物園のあのとき、延夫が神経とからだとをすごく緊張させて、彼に抵抗し、拒絶し、ふるえてかじりついて来た強い印象がよみがえる。なににも代えがたいと思う、その子供をもう一人恵まれたら、どんなに頼もしいか。延夫は、いい状況で万事平安なときに生んだ子であり、二人目の子は不如意のなかに、意志つよく生もうとするのだった。七月の末、甲斐子は克彦に心を残して、臨時家庭教師をやめた。

つぎの子も男だった。恒夫と名づけた。甲斐子の話し相手になるように、女の子がほしいなどといっていたくせに、いざ男の子が生れてみると久夫は久しぶりに晴れた顔つきをした。

「そんなに男の子がうれしい？」

「ああ。男の子ときいたとたんに、この子も僕の支えになってくれる、という嬉しさを感じたんだ。延夫が片腕、恒夫が片腕、僕は両側から支えられてるから、もう倒れっこはないんだ。なくなった親父がよくいってたよ。僕たちが小さい頃、商売に嫌気がさして堪らなくなったとき、悴が二人いるなと思うと、両脇へ支柱をかわれたような力強い気がして、また働く気になったとね。息子は小さい時にかえって親の助けになるもので、大きくなるとその逆に、親の勇気をなくさせるようなことばかりすると笑ってた。」

　ここ何年かの父親の愁い顔を、生れ出たということだけで、すかっと吹き払ってしまうほど、赤ん坊には威力がそなわっていると感嘆する。生活の乏しいことなどを恐れるには当らない、と思えば甲斐子もまた、すでにしてこの誕生したばかりの幼児に、力づけられているわけだった。新しい生命の誕生は、父母の手垢ずれ傷ついた生命を、浄化するもののようだった。

　縁起をかつぐのではないけれど、恒夫は家じゅうに元気をもたらして生れてきたようだった。事務所は実質的には、いい仕事がふえたのでもなし、金繰りがらくになったのでもないが、何処となく人の寄りが頻繁になってきた。甲斐子の老父が、甲斐子の名でわずかばかりの抽籤つき預金をしておいたのが当選したり、もとの洋品店の店員が、郷里の親類の娘を東京なれのするあいだ、小づかい程度で使ってくれないか、などと連れてきたりした。そうなると久夫の母も和らいできて、昔の人づかい上手なうでを見せ、ちゃきちゃきと捌いてくれた。一つよきものよろずよしである。

秋が来て、結婚の季節である。去年もおとどしも秋になると、きっと何処かから披露宴の招きがきたが、久夫はそこへ出たがらなかった。人の集るところを極度に億劫がっていたからである。止むを得なくて、出席と返事をしていながら、当日礼服をきる段になって、急に行かないといい出したりした。今年はそういう不機嫌がなくなった。

木原家から久夫夫妻に招待状が来た。洋品の大きな問屋で、久夫の家ではそのそものはじめから、そこの引立てを蒙って成り立ったといわれている、三代にわたる間柄である。破産整理のときも真先に好意を示して、一番大きな犠牲を呑んでくれた人なのだが、兄は見切りをつけられてしまい、久夫へはいたわりがかけられていた。末娘の結婚で、相手はこれも老舗の海産物店の長男である。はでな披露であることがわかった。辞退するかと思っていると、案外気らくに出席だという。

「久しぶりで一緒にいこう。だが、甲斐子のきものはどうだ？　うちの箪笥にあるのか、それともよその蔵にあるのか？」

幸福つづきだったら、こうした思いやりはない久夫だったろうし、自分もまた思いやられる嬉しさなど知らなかったろうと思う。

甲斐子はその日、化粧に念をいれた。特徴のある雁金額は、前日にかみそりをあてて、今朝は若く冴えていた。目には張りをいれ、眉は優しく長くひいた。黒い留袖が、結婚して七年の妻、二人の子の母の落つきをかぐわしくした。そして手の指の荒れが、家庭をまもる奮闘を語っていた。

盛んな宴席だった。型のように進行していった。偉い人たちがつぎつぎに立って、両家の家柄をたたえ、良縁をたたえた祝辞をおくり、花嫁が色直しに立ち、数々の酒が給仕され、席に寛ぎが行きわたり、着換えをして角かくしをとった花嫁が、拍手に迎えられてもう一度、テーブルへついた。久夫たちは中ごろの席にいて、呑気に食事をたのしんでいた。祝辞はまだ続いていた。花嫁の家柄をほめるものが多かった。

「バランスがよくないなあ。こういう事というのは、誰も承知して気をつけていながら、それでも矢張り成り行きもあって、アンバランスになるものらしいな。」

久夫がそういった時、遠い席でカン高い声が起きた。二人は目を見合わせた。

「ええ、突然飛び入りでございますが、私は——」

見ると司会のマイクを奪って、真っ赤な盤広顔が話しだした。

「——ええ、私は花婿池上家子飼の、一使用人でございます。先程から伺っておりますと、実に実に花嫁方の御一統様は御繁昌この上ないお家柄、まことにおめでたい限りでございます。しかし私ども主人の家柄も、ええ、ええ、口不調法ゆえ卒直に申させて頂きまして、なにも決して花嫁様のお家柄におとるものでは——」

しんとしてしまった。ひたむきで、感情をかくせない、なまなものが出ていて、なんとも始末のつかないことになった。始末のつかなくなったのは主人も客も、その当人もだった。途中から絶句し、しどろもどろになり、ついに「若旦那、あんた小さくなることないです。いいお嫁さんもらったんだ。身代の比較なんぞ、腕一本が決め手だし、運不運もある。若旦那、うちの者みんな、お嫁さんもらったあとのあんたに、うんと踏ん張ってもらいたいっていっています。」そこ迄きて泣き声になった。三四人来て、なだめて連れ去った。

その時、甲斐子ははっとした。ききと椅子をずらせて、久夫がすうっと立ったからだった。

「僕も飛入りの仲間入りをさせていただきたいのです。新郎新婦、寛容な御許可をおねがいします。御媒酌、御両親がた、司会の方、それに来賓の方々、どうぞお許し下さい。もとより御許しがなければ失礼をお詫して引きさがります、いかがでしょう？」

と、わるびれず、にこやかに笑っていた。

新郎が久夫の目にこたえ、上体をかがめて挨拶をおくり、花嫁もそれに従った。ゆっくりと久夫は両方の親たちの席をみた。卓上マイクを、黒いボーイ長が運んできた。

「僕は鈴木久夫といいます。東京の端っこに小さく暮している者です。ここにいる女房と七年前に結婚しましたが、その披露の席で、ちょうど只今のこの席と同じような時間、つまりデザートに入ろうとする時でした。その時に、女房側のお客さまの、ある方から頂戴した祝辞が、実は、その多少、お客様方のお気持を、しんとさせるものだったのです。なんというか、幾分、異色ある、あるいは印象的というか、もっとはっきりいうなら、まあちょっと刺激的なのでした。——病気と、落ちぶれのお話でした。夫婦になった以上は、夫たるものはそういう時に、何はさておき必ず必ず、妻を庇って、その、忠誠を尽さなくてはいかんと——」

わあわあという笑い声がみちた。

「しかもそれがえらくしつこくて、何度でも繰り返して、病気病気、落ぶれ、零落、不如意、でして、まるで間もなく僕たちにそういう不幸がくるぞみたいな、そして聞きようによっては、その時に僕が不誠実で逃げるかもしれないみたいな――」

大笑いになった。

「みなさんはお笑いになっているけど、その時の誰もの項垂《うなだ》れ加減をお察し下さい。僕たち二人、そのお祝辞を鮮明に記憶しました。ところがそれから間もなく、僕の実家の父は破産を――」

「あなた！　よして下さい、そんなこと。」

甲斐子は我を忘れ、椅子から身をよじって、夫を引張り、人の視線の集ったのにはっとたじろいだ。久夫は静かに甲斐子の肘をとり、引きずりあげて、立たせ、その肘を強くつかんで、度を失った甲斐子を離さなかった。

「――破産し、しかもひどく病みました。私たちは今日までその不運をふり切れないで、喘いでいますが、辛くておこりっぽくなる時、あの祝辞が実によく効いていることがわかるんです。――ここにいるのが、七年の女房です。ただいまはいきなり、あなたと呼びかけて僕をさえぎりましたが、亭主の一大事だと思えば、夢中になって割りこんで来る勇気と、親しさと、無礼があります。僕は、夫婦とはこんなものかと、目下は思っている次第であります。——先ほどの飛び入りの方のお話を伺っておりましたところ、彼是おもい合わせることが多く、つい、僕の経験をお話し申し上げれば、些《ささ》やかなおはなむけにもなるかと存じ、且つ先ほどの印象ふかいお話が、皆さま方に、ことに新郎新婦に、よりよき意味において、他意なく、めでたく思召し納められますよう、誠に僭越ながらおとりなし申上げたかった次第でございます。」

久夫は甲斐子を促して、頭をさげた。大きな拍手が来て、甲斐子はどうしていいかわからず、夫によりそっており、雁金額がくっきりと、人々はそれを美しいと思った。

呼ばれる

よく晴れていてそう寒くはないのに、洗濯ものを竿にかけていれば、指の先のつめたさがこたえる。今迄そんなことはなかったのに、今年は水仕事の指先が少し苦になって、老いを感じる。背なかが寒いと思うようになると、それがとしをとった証拠だというけれど、自分は指先からふけてくるのか、とおもう。せきはまだ背中はなんともないが、喜一はもう数年前からセーターの下に真綿のちゃんちゃんこを着て、このごろはそれでも足りずに、きこりや猟師の使う毛皮張りの羽織下みたいなものを重ねて寒がる。お酒には先へ酔ったほうが得、老夫婦は先へ老いたほうが得、というのと、男は老いて稼がなくなればひま人になるのに、女は同じように老いくたびれても、なかなか閑人にはなれないものだ、というのとが日頃からせきの気持だった。指先のつめたさが苦になると、思うというほどではないがそのことが浮かんで、つまらないという気になる。喜一は炬燵にいて、洗濯にも洗濯をしている者にも、まるで無関係なのだった。つまらなく思いながらも、せきが文句をいわず黙っているのは、洗濯ものが気に入るようにできているからだった。洗濯機ができ、洗剤がよくなったことは、せきの年季入りの洗濯技術を更に引立てるもので、掛けつらねたシーツや下着の白さには満足があった。だからそれをまとめて考えあげると、哲夫に結婚してもらいたい、ということになるのである。そのお嫁さんが哲夫の分と、もしできれば喜一の分まで一緒に洗ってくれて、すまないけれど自分は自分のものだけを洗うことにして、勘弁してもらう。そうすれば洗濯は嫌な思いがひとつもなくて、楽しいだけのすっきりした作業になる。嫌な思いを伴わない老後の作業というのは、さぞせいせいするだろう、とおもう。

電話のベルが鳴っているようだった。耳もこのごろ疎くなって、よく空耳をしたり方角ちがいをする。だが、確かに電話のベルだった。

「おい、電話だ。」

喜一はガラス戸をあけて呼びたてる。きらいだといって、わざわざ呼びに立っても、是非せきにさせる。

電話は哲夫の仕事仲間の自宅からで、哲夫がいまここで病気になったから、誰か来てくれるようにという知らせだった。電話の奥さんは遠慮の様子で、しかし困っているといった。急に嘔吐をして不快を訴えるので、取りあえず近所の先生を呼んだところ、早急な診断は下せないが、とにかく二三日は絶対安静で、動くこと禁止といわれ、びっくりした。折わるく主人が留守で、いま心あたりの出先へ連絡をとっているが、お宅様へも急いで伝える、という。せきにはよく呑みこめなかった。哲夫の嘔吐は癖のようなもので、そう心配な事とも思えないのに、なぜ絶対安静などというのだろう。せきはものなれた受け答えで、慌てている奥さんからききだしていった。

一時間半ほど前、哲夫は訪問していた。主人が不在だというと、恐縮だがあがらせてもらえないだろうか、どうしたわけか電車の中にいるうちから、疲労のような感じがおきはじめ、だんだんに不快が強く、そこまで来たら目も暗くなったようだし、少し休ませて頂きたい、といった。番茶に有り合せのどら焼を添えてだすと、おいしそうに食べていたが、見るとひどい汗が額から頸筋からたれている。絞ったタオルを渡し、寝具を用意すると、待っていたように横になって、間もなく眠った。そして十五分ほどして嘔吐。頭痛があるといって、濡れタオルをもとめ、自分で額から目へかけて冷やした。そのうち医師が来た。瀉血をしたほうがいいと話し、当人も納得し、血を抜いた。安静が命令され、トイレへもいけないと言い渡された、という筋道である。瀉血、といわれてせきはやっと、これが普通の風邪ひきや食べすぎでないことを察した。

喜一はなにか事が起きると、すぐおこりだすたちだった。穏やかにものがいえなくなる人だった。嘔吐ぐらいで診断もつかないような医者は、信用ができないとか、病気になったらさっさと帰宅するのが当然、また帰宅させるように計らうのが当然なのに、若いものはそんな常識すら知らんのかとかと、せきへ難詰をあびせる。喜一の面倒ごと乗切法は、先ず妻へ腹立ちをぶつけることからはじまる。今迄にあった面倒ごとのどの場合にも、夫婦喧嘩を幕開きにして、この二人はしのぎをつけてきていた。二人ともなれて、よく承知している段取りなのである。せきの返事は短い。さあねえ、というだけで、さっさと喜一の外出仕度をそろえにかかる。これもいつもの段取りだった。

「おれは行かないよ。看病は女の仕事だ、おれが行っても仕方がないじゃないか。」

哲夫はけろりとした顔つきをしていた。主人も帰宅していて、落付かなげである。せきは医者を訪ね、見立をきいた。瀉血は、血圧が高かったので応急の処置だが、開業医の設備では原因をつきつめ、診断をつけるのは出来かねる。大きい総合病院へいって、十分な検査をうける必要がある、と曖昧である。せきはひっかけてみる。

「いま見たところでは気分も悪くなさそうですから、連れて帰ってもいいでしょうか。」

「そんな軽卒なこと、だめですよ。」

「そんなになにか重い病気なんですか。」

「ええまあ、大事をとられたほうがいい。」

「中気とか、脳溢血とかいうんですか。」

「いや、そうじゃない。だが、まあこれは私の疑いで、はっきりしたことじゃないんだが、脳になにか故障があると思うんでね。」

「脳の故障というと？」

「だから、それは総合病院で詳しい検査をうけないと確答はできない。とにかくいつもの嘔吐ぐせだから大丈夫といったような、気楽な気持だとだめですね。今日明日は絶対安静です。寝台車を使っても、まあ帰せませんね。」

「先生、はっきりいって下さい。脳の故障というと、気がへんになることですか。」

「いえ、ちがいます。」

「じゃ、どう考えればいいんでしょう。」

「脳にさわりがある、としかいえませんねえ。だから成るべく早く検べたほうがいい。あすにもまた往診しますが、お宅の方とも相談しておいて、出来ればあそこからすぐに適当な総合病院へ入院することをすすめますね。」

「あそこから入院？」

「そうです。頭の中のこととなると、入院が必要です。検査と治療がスムースにいくからです。」

不安を植えつけられはしたが、信じがたく、切迫感はもてなかった。薬屋の前に佇み、便器を買うのをためらった。とにかく帰宅して、何度かなじみのある近所の医者にみてもらってからでもよかろう、と思う。だが脳に故障の疑いがあるとは、なんだろう。気が狂うのではないというけれど、脳の病気とあれば他人には隠しておきたい気のすることだった。せきは気づまりな看病の一夜を、初対面の家で過ごした。

翌午後、往診をうけた。診察の最中に、すぐ横の路地へけたたましいサイレンが入ってきた。火事は近いと哲夫がいうと、あれは救急車だから心配いらない、と医師が笑った。その時、せきの気がきまった。万一、帰る途中でなにか発作のようなことがあっても、救急車にたよれる、と思うと強くなって、ぜひ今日中に帰宅をといい張った。医師は不機嫌に、いいでしょうと答え、念を押して大病院の受診をすすめた。なんでこの先生はしつこく、大袈裟なことをいうんだろう、とせきのほうでも医者を気に入らなく思った。途中は何事もなく帰宅できた。

近所の医師がまねかれた。往診を頼みに行ったついでに、せきは昨日からの事情を前もって話しておいた。

「脳に故障があるといわれたんですが、当人にはかくしておけというし、うちの主人がまた心配ごとがあるとすぐがあっとのぼせて、大声はりあげて、夢中になって私に喰ってかかるんです。筒抜けにきこえちゃうのが心配で、まだ相談もできないでいるのです。その辺を含んで頂きたいのですが。」

この医師は目のことをしきりに訊いた。喜一が息子をさしおいて答える。

「生れたときは異常なしです。近眼鏡は小学校の三年のときからで、商売が本をこしらえたり校正をしたり、自分でもものを書いたりだから、だんだんと度が進んで、今じゃ眼鏡もこれ以上ないという、ぎりぎりの強いのをかけてるけど、かつて一度も目を患ったことはない。吐くのもそうです。時々やるけれど、吐いてしまいさえすれば、きれいに納まっちゃう。いわば癖なんですなあ。それを、血をとるの、絶対安静のという。なあに、からだの癖なんだから、心配いりませんや。余計に食えばあまって吐く。こりゃ理屈ですわ。」

親がそうはっきりと診断するなら、私は来なくてもよかったらしいと、医師に笑いとばされて喜一ははっとした。

「いや先生。そういうように取ってもらっちゃ困るです。こりゃ親心の素人考えってもんですがな。」

そこを医者はおさえた。医者は医者同士で肩をもつなどということはない。だが昨日の医者の処置もすすめも、まちがっているとは思わない。診てすぐわかる病気もあるし、詳しく検べてみなくては、はっきりつきとめられない根深い病気もある。この場合がそれで、だから自分としても、総合病院の受診をすすめるのだが、あやしいと思うなら遠慮なく、どこの医者にでもみてもらいなさい。医者は患者を治そうとするのが道で、親心に気に入るような返事ばかりをしているわけにはいかない。親心も心づかいも必要ではあるけれど、それにもまして必要なのは、患者のまわりのものが、現在最高の医学医術で早くよく病気を治そう、という心構えをもつことだ、と。一言も脳とも頭ともいわれなかったことで、せきはほっとした。しかしまた思えば、脳には関係がない、といわれたのでもなかった。すると、総合病院をすすめられたのは、やはり脳という筋がでてくる。

いくらか投薬に睡眠剤が入っているのか、哲夫はよく眠っていた。茶の間と哲夫の部屋とは、間に玄関をはさんでいる。電熱器をはめこんだ火鉢の上へ顔をよせて、せきは夫が声高になるのをなだめなだめ話した。まるで、せきが息子を重病にしたがってでもいるようなきめつけかたで、喜一はいきりたって責めた。長い時間がたって、結局は大病院ゆきに落付いたが、それでもまだ喜一は感情をたかぶらせていた。それなのに蒲団へ入ると、他愛もなくいびきだった。

勿論、受診をすすめるのなど嫌な役は、喜一がするわけはなかった。だからせきはあれほど考えておいたのに、その場になってひょっと言葉ちがえをした。行かなくてはいけない、と押さえるところを、行ってみようかね、といってしまった。哲夫は当然、大病院の受診は半日も待たせるからとか、今の仕事がもうじき一区切りつくからとかと、いいのがれた。

愚図ついて約一ヵ月が過ぎた。哲夫は毎日出勤し、時によると仕事をもち帰ってきて、びっしり机へ向いていた。急ぎの時はいつもそうだった。食欲が減ってきた。過重な仕事のせいだと思ってせきが注意すると、思いがけない返事がきた。お母さんの味付けはこのごろ下手になった、という。考えてみるとそれもそうだった。ちょうどせきは歯の治療をはじめていて、味は舌でなくて手加減になっていたから、笑い話で終った。

雛の節句がすぎ、彼岸がすぎ、水仕事の指先が冷たいことはなくなった。家の中も外も、もののあわいにまで明るさが行届いて、春はうららかだった。せきは哲夫が縁ばなに立って、厚い辞書をみているのに気がついた。机は左から十分に光線を入れる位置にあるのに、そこから立ってきているのだった。

「そんなに見えないの。」

「日によって悪い日があるね。目医者へ行かなくっちゃなるまいと思ってるけど。」

それでやっと大学病院へ行った。予想通り、午近くまで待たされ、患者とその付添の家族たちと、先生だか学生だかわからない男性の白衣群と、先生と看護婦とがはっきり区別のつく女性白衣群と、くすり臭さと病人くささと、せわしなさとのろくささとに囲まれて、哲夫は我慢していた。せきもそのそばに小さく腰かけて、じっとしていた。

診察は手間どった。正午をすぎて、さすがにあたりの人数が減っていった。せきは不安で、看護婦にきいた。眼科の診察も急に必要になったので、少しひまがかかるのだ、という。やっと哲夫が出てきた。服をきちんと着て、やや赤い上気した顔だった。

「腫瘍があって、それが視神経を押しつぶす形になってるようなんだってさ。だからこのまま放っておくと、神経は死んで、目はみえなくなっちゃうが、取れば今の視力か、うまくいけばもう少しは明るくなるだろうっていうんだけどね。とにかく入院して、よくよく検べないといけないらしいよ。慎重にするんだろ、頭を割るんだからね。」

脳腫瘍、脳外科という言葉に立ちはだかられて、せきはくらくらとした。足をふみしめてこらえたが、口がきけなかった。息子は割に平気らしく、取ってしまえば目はこれ以上悪くはならないのだから、まあまあというものだ、とむしろ明るくいっていた。目が助かるというなら、脳手術など恐れることはない、と呆然としている母をかえって慰めるが、せきは全身に総毛立っていた。靄の中におぼろだったものが、いきなりぬっと膨らんだら、それが鬼で、とうとうつかまえられてしまった、という恐怖である。子供の時祖母にきいたお伽話の、あのどうしてみようもない避けられないこわさ、それとそっくりな恐ろしさで、せきはぼんやり哲夫のあとをついて食堂へ行き、タクシーへ乗り、うちへ帰って喜一に例の通り当り散らされても、おぼえないもののように、夕方まで無言でいた。

焦躁と妙な期待で、せきは電話のベルの度に、癖になって動悸がした。病室があくと、電話で知らせてくる手筈になっていたからである。その間にも哲夫は仕事を続けていた。入院までにやりかけのものを片付けるつもりらしく、しかし根気がなくなって、一日のうちに二度三度と机の横へころがって、目をつむっていた。いたわるのにも咎め口調になる喜一も、さすがに素直に、疲れたかい、などという。せきはそれが辛い。長年、夫の口から毒気が抜けたらと願ってきたのが、それが叶ったのは息子の脳手術のおかげなのだった。時によるとせきにもやさしくいうこともあるが、そんなときは喜一の年齢が思われ、ついで自分の年齢を思ってしまう。やさしくされ、やさしくするのも、今はもうよけい淋しくなるばかりだった。時を失なえば、嬉しい筈のやさしさも、みじめっぽく見えた。おそすぎた。

電話は思ったより早く、空室のできたことを知らせてきた。哲夫は相変らず手術を恐れていず、目が救われることのほうへ気が傾いているらしかった。

入れ代り立ち代りといいたいほど、いくつもの検査がはじまった。なるほど総合病院とは、一人の患者にこれほどの人手をかけてくれるものか、とおもう。逆にいえば、病気とはそれほど複雑なものだということになる。町の開業医では行届いたことができない、ときかされたのももっともだった。だがその試験のために広い構内のあちらの科、こちらの科と連れまわされ、診察をうけ、からだをいじられるのは相当こたえた。ついて歩くせきも容易ではない。だんだんと心が萎える。試験のすむのを待つ間に、患者や家族付添人などいろんな人達が、それぞれの知識や経験を話してくれ、こちらの容態をきいて入知恵をしてくれるのだが、本当に知恵は悲しみのもとである。見聞きすればするほどに悲惨なことが多く、これから哲夫に受けさせようとする手術の希望は、どんどんしぼんでいく。見たのではないというのに、手術の模様は微細に鮮明に語られる。先ず、皮を切ってさ、次は鋸で頭の骨をひく、頭には血管が多いからね、そりゃ大変な血で、などといわれればふるふる嫌になる。患者溜りでは最も重病難病の人が王様のようにいわれ、大手術の人は英雄であり、どぎつい話は花形なのだった。苦痛といたましさと恐ろしさが、よきもののように主座についている。新しく入ってきた患者や家族はその凄じさにみな萎えてしまう。気丈でも、年齢が年齢だし、せきはまいった。そのくせ他人の病気、他人の手術ばなしにはどうしても聞き耳が立つのだった。つねに哲夫を土台においてきき、彼より軽症らしい人の話をきくと、うらやましくて気が沈み、彼より重症らしい話をきけば、あきらめで気が沈む。

哲夫は運よく一人部屋だったので、それほど人の話の刺戟をうけずにいられた。喜一は時折、見舞にきた。留守番の一人ぐらしの手持無沙汰にも堪えかねるし、一人息子の病状も不安でたまらないし、だが最初に見舞に来たとき、すぐにもうこの溜り場でひどく刺戟され、例の通りにあとさき見ずの口をきいた。

「きいていりゃあ、まあ地獄のような。三度も頭の蓋をあけたてして、そのたびに脳髄の中をかっぽじったとはねえ。いくらなんでもあんまり馬鹿げていて、まともには受けきれないね。」

「あら、嫌なかたね。私はね、現在一ヵ月前には実際ここにいて、知りあった人の話をしているんですよ。まともには聞けない、馬鹿げた話とおっしゃるけれど、病院にはカルテというものがありますからね。なんだったら医局へいってみてきたらどう？　どっちがまともだかすぐわかるわ。ほんとに失礼な人。」

「この人、何号のお父さんだろ？　もしかしたら、ほらあの新しく入った、背の高い恰幅のいい人。あそこじゃないかな。あのお婆さんとちょうどいいもの。」

病院にいる人のカンはするどい。云いあてられて這々のていで引きさがったものの、飛ばちりはせきへいった。せきもショックの多い環境の中におかれ、コンクリートの壁の中にいて、鬱憤はとがっていて、容赦のない返答をした。ここは集団生活であり、付添には付添仲間の気風がある、うちの中でのお天下様は通らない、という。哲夫が、お母さん鍛えられたね、と笑った。なんともいえない切なさで、せきはここへ来てからのことを思いかえした。黙って、一人でこらえて、一人で切りもりして、まるでごけのようだ、と自分ではそう思っていた毎日だった。

哲夫はここに来てから、読書を禁止されていた。禁止されなくても、病室の照明程度ではもう読めないのだった。病苦よりそのほうが辛いとみえてなげいた。

「活字にはなれていると、俺はどんどん馬鹿になるなあ。まだ三日しかたっていないのだけれど、ずっと仕事の力が後退した。身にこたえて、それがよくわかるんだよ。この分だと手術を早くしてもらわないと、せっかく目は救われても、能力は錆びてるということになりそうで、心配だ。」

仰向きに寝たまま、胸の上の空気へ指で字を書いてみている。

「なんという字を書いたの？」

「わからないのがあたり前だよ。大概の人が知らない字だもの。若い時に苦心して調べあげた字は、忘れないものだ。間違えて恥をかかせられた字も、なつかしいね。そのほかに好きな字もあるし、いい形だと思う字もあるしね。」

「そうだろうね、商売だもの。でも私だっておかしいと思う字はあるよ。でこぼこなんて字はふきだしたくなる字だねえ。」

「こりゃ意外だ。お母さんもそんなこと気がつくの？」

「ああ。どうかするとね。むかし、友達におれんさんという子がいてね、私はれんというのははすという字と思いこんでいたんだけれど、さざなみだっていうんだよ。でも書いたところは蓮のほうが恰好がいいというと、その子も強情で、さざなみがいいって頑張って、書いてみせるんだね。するとそれがまた上手でねえ、ほっそりといかにもいい女みたいに書くのさ。負けたね。」

「ああいい気持だ。お母さんからそんな話をきくとは思わなかった。愉快ないい話だ。」

ふうっと、こういうのが看病というものなのか、と思い当った。だが、いくつこんな話があるだろう。自分の知っている字は、家計簿に書く字と、手紙の字しかなかった。そしてその他にも、哲夫を愉快にするどんな話があるだろう。気がつけばあまりにも、話題がなかった。一生をふり返ってみて、あるのは食事ごしらえと洗濯と裁縫と、親類近所づきあいだけ。哲夫は本ばかり読む子で、育てやすかったというのは手がかからなかったということであり、手がかからないというのは父母との接触面ではごく素直であり、その他の大部分の時間は父にも母にもまつわらず、こちらもそこへ付いて行ってやらなかったということだったのである。生んだ子であり、ずっと一つ家に住んできているのに、自分はこの子の好む道——ついには職業にまで伸びた好む道に、あまりに疎々《うとうと》しく暮してきた。今はたまたま空気へ文字を書く哀れさにひかれたのだが、哲夫はそれで喜んでいる。せきは親子の間の距りを今更に知った。

手術がはっきりきまって、外科病棟へ移った。眉間の奥、頭のほぼ真ん中、トルコ鞍という奇妙な名のつく場所の、骨の内側に腫瘍があって、それを取り除くという。喜一は手術にははじめから不賛成だったが、そのままに放置すれば盲目はおろか、残された生命は長くなく、しかも腫瘍は加速度をもって成長するから、ついには外側の骨がひび割れするほどになり、患者は激しい苦痛にさらされるときいて、止むを得ない承知をしたのである。本心は夫婦ともいまだに刃物を嫌い、恐れていたから改めて手術と決れば心はぐらつく。老夫婦には甥、哲夫には親しい従兄弟二人が介添えをして、悔いのないようにともう一度、説明をきくことにした。病院方からもその申し出があった。

説明は素人によくわかるように、図や写真やを揃えて親切だった。脳内の病気の場所の説明から、その場所は人体が生きるための色々な内分泌を司どる大切な場所であること、腫瘍の出来工合、手術の手順、術中術後の危険度、視力の回復度、予後の治療までが質問を受けながら話された。せきは顔色を青くしてうつむいていた。

「ご両親には先にもお話しておいたのですが、改めてもう一度いいます。この手術をうけると、子種を失うかもしれませんから、お断りしておきます。」

親類の二人が顔を見合わせて、慌てて老人達にそれを承知かと念を押した。喜一が腹立たしい声でいった——仕方があるまい、と。哲夫は三十五というのにまだ独身でいた。しかも一人息子だった。縁談もあり、気にいったというのに、婚約の間際になると気が重くなるらしく、断ってしまう。当人も説明しにくい気重さだと困っているし、まわりも迷惑する。それが何度もだった。結婚のつかえていることは、両親にとっての悩みの種だった。なぜなのか、計りがたいことだった。

「この病気の発病はいつだったか、私達にもそれはよくわかりませんが、現在の病状からおすと、患者はあるいは結婚の気は薄かったのではないか、と思われるのです。しかし、すでにお子さんのある場合はまだしもですが、ない場合には家の存続や、本人及び家族の人生につながる問題が起きてくるので、たいへん微妙です。」

老人の心のうちと、病人の上を思って従兄弟たちは、それは決定的なことかどうかときいた。

「脳の中は、すべてみな研究しつくされているのではなくて、明らかでない部分が多いのです。それにこれはあくまで外からの検査の結果であって、開いてみれば相違することもあるのです。だからこちら側としても、確答のできないのは残念なのですし、悪い場合をおもんぱかってお話しているわけです。」

親類がぽつぽつ見舞にきはじめた。知らせずにいたので、今やっと伝わったのである。そういえば哲夫さんは去年の夏きたとき、この頃疲れるといっていたとか、好物のカツレツを取ってだしたが、食欲がないと詫びたとか、ここのうちは電灯が暗いといったとか、それぞれ今になれば兆候と思いあたる話をした。せきはそれをただ聞き流していられなかった。それ等の兆候は、よその家でなく、自分の家にも現れていた覚えがある。なぜそれを兆候と思わなかったか。病気というものへ、あまりに疎々しく怠慢にしていた後悔に責められるのだった。

手術の前日、哲夫は髪と眉毛を剃られた。剃りあとが青みわたっていて、ことに眉のあとは色を刷いたように青々としていた。大きな目が目立つ。これが視力を失いかけている目かと疑う、きれいな澄みかたである。

だが、なんとしても眉と髪を払った顔は、へんである。それは男の顔でなくて、女性の顔に近くなっていたし、微笑したりすると、女も特に女らしい女の、微笑になる。男の中でも大男の、大振りでいかつい顔がどうしてこうなるのかと思う。

夕方になって多少風がたった。隙間の風が剃りあとに嫌な気持だから、なにか被りたいと哲夫は求めた。看護婦がガーゼの大きいのを三角にたたんで、目の上まで深く覆った。それは歌舞伎のなにかの扮装を思わせ、いよいよ男性の女性といった不思議な顔にみえた。注射をうけて、そのまま哲夫は静かな睡眠に入った。明日の消耗にそなえて、十分休ませる用意である。せきも別室で眠っておこうとしたが、いかにも浅い眠りしか訪れてくれず、あきらめて十一時半、哲夫を見まわった。ビニールのうすい幕で、蚊帳のように囲った清潔なベッドに、仰臥して、きちんと彼は眠っている。規則正しい呼吸である。弱い間接照明がごくほのかに、高い鼻梁をうきださせているのをじっと見ていて、せきはどきりとした。弱い光のせいもあり、もともと彫りの深い顔でもあり、影の濃いのは当然だが、こわいような陰気な黒隈である。それは正常な顔とはいえなかった。どこかに異変のある、いわばなにかよくないもの、悪いものに占領され侵されている顔つきにみえた。せきは直観で、脳はもはやずいぶん病気に踏みあらされていると、知った。

手術日は明けた。いい天気で、瑞々しい若葉が光っていた。今朝の患者の身辺一切は付添に任せず、すべて看護婦がすると申し渡されていた。せきはせめて担送車がエレベーターへ乗るまでは見送ってやるつもりでおり、まだ話を交わすひまはあるものと思っていた。喜一が緊張した顔で、早々と来た。せきは夫の疲労を素早くみとめ、彼もゆうべは眠っていない、と察した。

「まだか。」

「ええ。もうそろそろでしょう。」

「元気だろうな。」

「ええ。」

エレベーターの前には、同じ思いの家族たちが集って、湿った声で話していた。今日手術をうけるのは七人だという。部長先生と幾人もの白衣が看護室へさっと入っていき、婦長のさしだす書類を見る。看護婦達の動きがせわしく、あたりにものものしさがこめる。看護室は総ガラス張りである。家族たちはあれが部長先生だとささやきあい、中のものしりが、エレベーターに乗る迄に挨拶しないとチャンスないよ、といっていた。先生方が出てきた。家族は部長先生へ殺到し、口々に名乗りをあげ、お願いいたします、と誰が誰やら、不揃いにやかましく唱えた。せきも喜一もとびださなかった。その人達よりも胸がせまって、行動がおくれたのである。先生はもう人々を制してエレベーターの扉まで行った。みんなが遠まきの輪になっていた。ところがエレベーターがすっと上ってこなかった。三階でストップした。そのひまを、せきはちょこちょこと走り出て、お辞儀をした。しっかりと見つめて、立花哲夫の母でございます、といった。先生ははいはいと答え、にこにこした。喜一が帽子を胸へあて、みっともないほど涙にくれて、そばに立っていた。

先生が降りてしまうとすぐ順々に、担送車が押されてきた。患者はみなもう眠らされ、頭には白布がかけられていた。家族は逢いたがったが、看護婦はぴんとして拒絶した。励ましの言葉をかけてやるあては外されて、一様にどの表情にも心残りがあった。哲夫の担送車もエレベーターの扉の中に入った。階数を示す指針が四、三と降りてとまった。そこが手術室のある階で、一般人には閉ざされていた。

「およしなさいな、いつまでもじめじめと。」

「ああ。」

「気を大きくして待っているより他ないでしょ。」

「ああ。ほんとにこうなると、親の愛情なんてものは、なんの役にもたたない、しみったれたものにみえてくる。」

看護室の隣は術後室になっていて、術後の患者は一応そこへ入れられ、経過をみる。哲夫は頭を真白に包帯して戻されてきた。目も濡れたガーゼで覆われていた。鼻に酸素のゴム管がさしこまれ、管は頬にセロファンテープで固定してあった。半分以上はかくれてしまっている顔を、せきは凝視した。たしかに顔は清々しくなり緊ってみえた。障りになっていた悪いところが取り去られた、と信じることができた。

十五分毎に医師が見まわり、間を縫って看護婦が見に来た。時間がたっていくあとに、いい経過が積みあげられているわけだった。異状なく夜になった。ゆうべと同じように夕方から風が出て、この部屋は建物の端に近いせいか、風の行きすぎるとき、ひゅうっと鳴る鋭い音がきこえてくる。それを気にしないでいられるのをせきは感謝した。喜一も安心して帰っていった。今日から雇った付添婦と交替し、何日振りかでゆっくり食事をしていると、見知らぬ人からも術後良好でおめでとうと祝われた。せきはぐっすり眠った。

変化は夜中すぎ頃から現れてきた。しかしそれは少しずつの不調で、先生にしかわからないことだった。四時、眠り足りてせきが起きてきた時、ひと目ではっとした。顔ははれたか、むくんだか、ぶよっとしていた。

担当の黒岩先生が早朝出勤し、診察し、すぐに再手術をするから、承諾してくれといわれた。喜一へ電話しているひまに、哲夫はもう担送車に移され、術後室から出ていった。まだ意識はさめていなかったので、昨日と同じに無言で見送って、せきは心が乱れていた。脳内へ出血しているという。

それからの看病ほど苦悩ふかいものはなかった。哲夫は再び術後室のベッドにかえってきたものの、まるで棒のようだった。ただ呼吸のあるというだけのことで、重態のままの無意識の眠りを続けていた。十五分毎に先生は見舞う。ゆり動かし、名を呼ぶ。う、とだけ答える。答えがなければぴたぴたと頬を平手打ちする。手の甲の皮膚をつめって知覚をためす。薬を口へ流し入れる。辛うじて嚥下する。おもゆを流しこむ。水より濃いのはのみにくいらしく、頬の間にためてしまうし、半分以上はこぼしてしまう。声で呼びさまし、揺すってさまし、刺戟を与えながら長い時間をかけて、一椀のおもゆを体内におくる。検温にも腕をおさえる介添がいる。反応というものが殆どない。ねまきの襟も袖も一度直せば、何時間でもそのままで乱れない。ちっとも動かない。せきは何度、耳へ口をよせて、母さんだよ、わかるかい、といったことか。かすかに肯くようにみえることもあるが、おおむねはわからない様子である。それでも四日目頃に、わかるかときくと、うんと答えた。勿論眠ったままである。

その頃には、視力の回復はない、とほぼきまった。だが決定ではない。せきは希望をすてなかった。二人分の希望である。自分の分と哲夫の分と。

意識のかえらないまま、術後室から内科の病棟へ移された。生命の危険期は、どうやら過ぎたもののように思われた。抜糸がすみ、包帯もうすくなり、眼帯も外された。食物もいくらか嚙むようになったが、ただ機械的だった。十五日たって、わかるのかな、と思われる兆しがみえた。遅々としていたが回復がはじまると同時に、せきにはまた新しい苦しみが課せられた。哲夫の目は、明りをさえ失っていることがはっきりしたし、哲夫は視力のことだけを希望にして、あきらめる気配は示さなかった。彼は無意識だったのだから、こんなに危ない生命をとりとめたことについては、まるで無関心で、またよしんばそれを納得したとしても、生命と目と二つを並べたら、先にとるのは目だったろう。

哲夫は壁が見え、壁の前にいる母の姿がみえたという。壁は青い、という。本当に壁は青い。せきはどきどきする。だがそれは手術前の記憶の浮上だった。せきは落胆するが、哲夫は子供のように無邪気に、かえって勇気づく。せきは泣いた。何度も哲夫は錯覚し、その都度せきはこらえた。

手術あとへ放射線をかける療法を了え、退院した時は真夏のさかりだった。疲れていてもせきは休めない。術前、術後、そして今度は自宅でのみとりがはじまる。我が家に帰ってきたというのに、哲夫は玄関の扉を入るのにさえつき当った。まったく見当がつかないのである。一から十まで、すべてに介添が入用だった。哲夫がそのような有様のところへ、喜一も久しい俄やもめの留守番生活で、精神的にまいっていた。やっと女房が帰ってきたと思うと反動で、前にも増した何もしなさ、おこりっぽさになった。無理もないとわかってはいても、溜息がでた。結局せきは身も心も酷使した。

喜一は自分がほっとゆるんでいるくせに、せきはゆるませず、哲夫の休みもほってはおけず、気になるらしかった。毛頭、悪気ではない。おせっかい焼きの善人なのである。

「だらけていないで、動くほうがからだにいいんだ。歩く練習でもはじめないことには、不自由でこまるだろう。」

「そうだね。」哲夫はあらがわないで、立とうとする。まだ足の感覚だけで、安定をとることになれていないのである。喜一は喜一なりに考えていたとみえて、哲夫を廊下へ立たせた。自分は廊下の突当りに坐っている。まっすぐに歩けばいい、もし壁や障子に当りそうになれば、口で注意してやるからという。哲夫は第一歩をふみ出しかねて、ひとりでに先ず両手をつきだした。なにかに触れて頼りにしようとする気だろう。大きな哲夫が、自分のからだを扱いかねて、幼児のように手をさし出した姿に、せきは堪えかねて座を外した。喜一は正座して力んでいる。一歩一歩あるいた。障子も壁もわずか三尺である。その先は片側は障子をあけてある部屋、片側はガラス戸があけてあって庭へおりる。つまり両側には、手にたよるものがなくなるのである。手を泳がしたまま行く。だいぶ中心が外れて、庭の側へ寄る。喜一は、左だ左だ、といった。が哲夫は出しかけた足をすぐひくことが出来ないらしかった。喜一は慌てて、落ちるぞ、もっと左、とどなり、哲夫も慌てて、ぐっと庭側へふみこんだ。その時せきがとびだし、抱きとめ、とめきれず、ねじれたように倒れかけて、あぶなくガラス戸の桟につかまった。二枚のガラス戸が震えて、ガタガタ鳴った。哲夫はきびしい表情をして、一言もいわず、そのまま廊下へすわりこんで、息をついた。喜一がせきこんだ。

「左だっていうのに、なぜ反対へいくんだ。」

「いい加減になさいよ、誰の左なんです。自分本位で、目のないものに、なにをいってるんです。私が、気がついたからよかったけど。もう少しよく考えてからにしたらどう？」

軽率だと腹をたてた母を、哲夫はなだめた。

「いいんだよ母さん。お父さんはいい人で、一徹だからああいうふうなんだ。このごろよく思いだすんだが、おれがお父さんの町工場なんか継ぐのは嫌だといったら、そうかいといったきりだったの、おぼえているかい。おれは思い通り好きな道を歩いてきたけど、今思えばあの時のお父さんは、男らしくて立派だったよ。折角やっていける地盤を作ったのに、息子が継がないのは、淋しかったろうけど、二度いわなかったものね。一本気で、いい人だもので、それが表目へ出たときは立派だが、裏になると今みたいな間違いになるんだよ。」

喜一は、これ以後、盲生活の訓練をさせようとはしなかった。

冬が過ぎようとして、終りの寒さがたゆたっていた。退院後もう半年の上になる。その間一家は沈みに沈んだ。哲夫はよくわからない高熱を出したり、骨節やら筋肉やらが痛んで動けなくなったり、次々と患った。そしてもっと困るのは、幻覚というか幻視というか、目の中に絶えずものが見えることだった。屋根がみえはじめると、際限もなく毎日屋根が連続してみえる。それがふっと樹木になると、今度は樹木の連続だという。人と話していようと他のことを思っていようと、無関係に樹木がみえてくる。それが払えない。人の形、石、柱などがよく現れる。エンタシスの行列などは、我慢するのに骨がおれ、危くどなりだしたいというのをきけば、両親ともどうしていいやら途方にくれ、ひっそりするよりほかなく、ただひたすらに早くその像の消えるのを待った。先生は予後現象だといった。そんな半年だった。

やっとこの頃、それも少し減少したか、哲夫もラジオなどきく気がでた。風呂へもあまり行きたがらなかったのを、この両三度は自分から行くといった。うちには風呂がない。両親がついて行く。母が衣服の脱着を手伝ってやり、父が手をひいて浴槽のへりへつかまらせる。それは大作業である。混んでいない昼間の時間を選んででかけた。風呂場を建て出したらと親類でもいうが、今後の生活のめどのついていない現在では、それは出来ない相談だった。

風呂から帰ったときが、哲夫はいちばん機嫌が柔いでいるらしかった。不平やなげきで不機嫌になっていることはなかったが、おのずから心の中がしこっていると見うけることも度々である。いやしくも文学に関した仕事をし、少しは本をよんだこともあるものなら、せめて下らない愚痴など言うまい、というのが自分の我慢のしどころだという。本当に愚痴はいわなかった。それだけにせきは、風呂帰りの寛いでいる哲夫をみると、ほっとして、番茶をいれる。

「母さん、母さん」と呼ばれた。機嫌のいい声だった。わいてきた薬缶と、急須と茶碗を一緒に持って、喜一にもお茶ですと声をかけていった。

哲夫は縁のはしまで出て坐っていた。いきいきとした表情だった。

「いまね、おれ、呼ばれたんだよ。机の前にいたんだがね、どうもオジチャンときこえたような気がして、ハイっていったんだ。地境の垣根のあたり、あそこ四ツ目だったね。すると確かにまた呼ぶんだ、オジチャン、こっちへおいでよって。まだ小さい子らしいね。そんな子が近所にいたかね。」

「ああ、お隣りへこの正月すぎに越してきたんだよ。」

「そうか。それでおれがここへ出ていくと、なんていったと思う? オジチャン、どうして坐ってばかりいるのってさ。こっちへおいでっていうから、めえめが悪くていかれないよっていうと、垣根があるからこっちも通れないんだっていうじゃないか。おれ困っちゃってると、またあした呼ぶよっていって、行っちゃった。」

「へええ、かわいい子だね。」

「――おれ、病気以来はじめて、いかにも呼ばれたらしい呼ばれかたをしたと思うんだ。あれ以来、誰にも本気で呼ばれたことはないものね。今日はじめて、うれしかったよ。」

そういえば哲夫があんなに晴れた声で、急いで自分を呼んだのも、今日があれ以来はじめてだった、と気がついた。でもそれは口にはださなかった。そういえば、呼ばれなかった夫が気の毒に思えたからだが、喜一はのんきに単純に、一緒に上機嫌だった。

おきみやげ

克江が玄関で大きな声をだして、ただいまあという時は、まだ晩のご飯はたべていないんだ、おなかが空いているのだ、というお触れにきまっていた。もう片付いている食卓へ、もう一度自分の分だけを仕度させる、その気づまりをそういう特別きげんのいい声で、誤魔化してしまおうとするらしい。詫をいうのは大嫌いだし、お説教や文句をいわれてはかなわないし、それに一番いやなのは、コーヒーだけで食事にあぶれたのを見すかされることだった。だからどうしても上機嫌な、快活な調子でわあわあと、間断なくしゃべっててれかくしをする。

「あらおばさま、もう済んじゃったの。いやだわ、あたしここんところ時間の観念、くるっちゃって。だって、あんまり早く日が暮れるでしょ、四時から夜の部に入っちゃうんだもの、ついご飯の時間うっかりしちゃう。」

茶の間の襖を顔の巾だけあけて、立ったままひとしゃべりして、それから台所へいく。

「わあ、いいにおい。今夜おでんだったのか。ついてるなあ、ちょうど食べたいなあって、道々そう思ってた。ぴたりじゃないの。それではと、着換えてきて、たっぷりと頂くことにするわ。」

「だめよ、これは。」

「なぜ。」

「なぜって、よそへあげるんですもの。」

「へえ。かわってるわね、おでんをあげるなんて。どこへあげるの。」

「浜田さんのところ。」

「へえ。浜田さんのところじゃ、自分のうちでできないのかしら。造作ないじゃないの、おでんなんて。切って火にかけるだけで出来ちゃうんでしょ。どうしてそれをまた――あら、いやあね、そんなうるさそうな顔して。ま、いいや、着換えてくるからご飯たのむわ。ねえ、少しぐらいいいでしょ、上前はねたって。」

克江は去年からの預かり娘、いよ子の父菊村芳夫の遠縁の人の長女である。ちょっと可愛いい顔をしていて、敗けぎらい、交際好きなので、早くから男ともだちにもて、高校をでて就職してからはいよいよ落付かず、去年とうとうおもしろくない不始末をしてしまった。地方都市のいわばまあ旧家であり、二三の会の役員などをしている父親が困ったあげく、いよ子のうちへ監督してくれと頼みにきた。菊村夫婦は迷惑してはっきり断った。いよ子への影響を考えたからである。それが口説きおとされたのは、いよ子の母が人がよくて、つい子を持つ親の情にほだされたからで、とにかく一緒にくらしてみて、手に負いかねるようだったらその時は、いざこざなしにすぐ引取ることが条件だった。来てみると克江は初対面の最初から、菊村夫婦をおじさまおばさまとなつかしげに呼び、いよ子へはたちまち姉そのもののように振舞った。しかし自分があまり誇れる身柄ではなく、ここの家にとっては迷惑な無理押込みの居候である点は、よく心得ていて、うまいものだった。いよ子の父は、そういう小才のきく性格をきらって、あれに幻惑されるなときびしくいよ子をいましめた。いよ子は克江より三歳下の高校二年、二人ならべると克江のほうがずっと都会風だった。もっとも父親が奔走して縁故就職させた先が、派手な貿易会社だったせいもあって、ぐんぐん美しくなっている。

克江は台所で食事をしながら、なぜおでんをあげるのか、としきりにききたがった。

「別にわけというほどのわけなんかないのよ。浜田さんのおじいちゃまが大分わるくて、今夜は親類が詰めるっていうのよ。もう食べものも首ふって嫌がるし、譫言《うわごと》いうようになっちゃったんですって。」

「へえ。そんな病人におでん食べさせる気なの。」

「病人じゃなくてよ。おうちの人や親類の方のお夜食代りに、どうかと思ったのよ。今夜はみなさん、寝ずの看病らしいわ。」

「なるほど。それでいよちゃんハッスルしたのね。いやあねえ。ああいよちゃんよ、おまえもかだわ。」

「おまえもかって、なんのこと。」

「ひとの取込事をきくとハッスルしちゃうのは、家庭的な女のいやらしい癖だってこと、知らないの。心の貧困が原因よ。心をよせることが、あまりにもなんにもないから、看病だのお葬式だのっていうとハッスルするのよ。いやらしいじゃないの。」

「ふふふ、ひどいことというのね。あたしはただ、浜田先生たち二人とも、いま年末だし、学期末だし、きっと忙しくてお夜食なんか、頭では考えても手がまわるまいと思って——そんな興味なんかじゃないわ。病院で徹夜の看病だなんて、そりゃスチームもきいてるだろうけど、気持がどんなに寒々と侘びしいかしら。せめて湯気の立つものでも食べてもらったら、いくらかましかもしれないでしょ。」

「いよちゃんて、大きなからだしているのに、少女そのままの感傷癖をのこしてるのね。いまどき珍しい人だわ。そりゃそうと、どうやって持っていくつもり、あんなびしゃびしゃするものを。」

「それくらいはなんとか、うまくやるわ。割箸も紙お皿も、からしもちゃんと添えてね。」

克江の姉ぶって高飛車ないい方を、いよ子はさらさらと躱してしまう。とても言い勝つことはできない、と思っているからでもあり、そのほうが物事が早く済む。克江に付合っているひまに、早く病院へ届けにいきたいのだった。浜田さんの主人のほうはいよ子の父と中学高校が同級であり、浜田夫人にはいよ子もいよ子の姉も、小さい時に学習の面倒をみてもらっていたのである。男の浜田先生は高校の先生、女の浜田先生は小学校の先生をしているが、いよ子が浜田先生というのは奥さんのことをさしていた。幼い時にやさしく面倒をみてくれた人は、師としても人としても、特になじみ深くおもう。いよ子はきょう学校から戻って、浜田老人の重態を母からきいた。母がなんとなく見舞の電話をしたので、そのことが知れたのだった。母と話していて、母自然に浜田先生の苦労を思いやり、自然におでんを思いつき、母の許可をえて仕度をした。克江に、人の不幸にハッスルする、といわれたにはぴりりとしたが、なにより も先生のくたびれているであろう顔を思うと、慰めたさ役にたちたさが強かった。

病院はうちからタクシーで六七分のところである。母と二人で届けたのが九時。浜田先生が案の定疲労して、くずれた髪のままでいた。知らない親類の人たちまでが、いよ子に礼の言葉をかけてきた。母だけがそっと老人の病床を見舞って、そうそうに親子は控室をでた。来る時には気も付かなかったが、星がするどく光っていて、タクシーをとめるまでの僅かなひまに、足ぶみをしたいような冷えが路上に這っていた。

「おじいさんの様子はどうだった。」

「さあねえ。よくも悪くも、としよりのからだは、はっきりしたこと言えないのじゃないかしら。どこか頑丈だからこそ、これまで長生きしていなさるんだからねえ。」

その翌朝はやく、まだいよ子がうちにいるうちに、浜田先生から思いもかけない電話があった。おじいさんがおでんを食べたのだという。夜なかに控え室でみんなが食べているとき、病人がふと目をあいて、しきりに息を吸いあげるような気ぶりをするのが、どうも匂いを嗅いでいるようなので、付添っていた浜田先生が耳のはたで、おでんの匂いですよというと、こくりこくりと肯いた。浜田先生には二十何年ずっと一緒にくらしてきた舅である。いま生命がせまった老人が、食物の匂いに笑みを浮かべているのをみたら、たまらなく悲しくて、どうせ食べられはしなかろうが見せるだけでもと思って、あの大鍋ごと枕もとへもっていったそうな。食べますかときくと、あといった。

それでみんなの見るなかで、大根を口へ入れた。おいしそうに噛んで、そして無事に咽喉を通った。もっと食べてもっと食べて、いも、といった。八つ頭や里芋の類はつかえやすい。不安だった。でもそれも、さわりなく食道を下って、ベッドを囲んだ人みながさざめいてよろこび、感動した。すでにもう、もし欲しがるものがあれば、なにを食べさせてもいいという、最後の自由がゆるされていた病人なのである。

老人はそのあと静かに眠って、今朝気のせいか容態もいくぶんよく見えるので、一番がけにいよ子さんにお礼をいい、喜んでもらいたかった、と先生はいった。克江は揶揄するように、強いわねえ、いよちゃんの少女の如き感傷は、といった。純情屋さんには敵わない、危篤の病人に奇蹟をおこしちまうこともあるのね、ともいった。強がりはいうけれど、ゆうべ憎まれ口をきいているので、鼻白んでいるらしかった。いよ子は心の中で晴々とたのしかった。その晩また電話があって、おじいさんが八つ頭を気に入って、食気《しょくけ》を取り戻したようだ、といってきた。

ほんとうに奇蹟のようにおじいさんは恢復して、年を越して七草すぎ、家へ帰った。ただし、寝たままでの退院で、立ったり歩いたりまではできない。もう年齢でもあるし、ある程度までよくなれば、病院ぐらしも味気ないから、うちへ帰って気ままにさせたほうがよかろう、と病院側でも浜田さんでも同じように考えたという。これで一段落だ、浜田さんでも元の平穏に戻ったわけだ、といよ子はいった。けれども母は首をかしげて、そうはいくまいという。奥さんのたいへんさを考えてごらん、といった。今迄だって教師の職業と主婦の仕事で、一寸のひまもなかった、今度はそこへ病人の介抱がふえる。人手を雇えば心をつかい、自分でやれば身をつかう、思いやるだけでも苦労が予測されて、とても一段落どころか、これからが胸突へかかる坂だという。いよ子はふうっと暗い気になった。自分がなにか悪いことをしたような、しらずになにか間違ったことをしてしまったような、焦点を定めかねる不安をもたされた。

快気祝いがデパートからおくられてきた。ほかにもう一つ別に、小さい包みが届いた。それはいよ子の宛名になっていて、浜田先生からである。鏡だった。ハンドバッグへいれるのだろう、小さい丸型の鏡が、かわいい取手のついた銀の枠に入っていた。型はごくシンプルだが、裏をかえすとそこにみごとな水仙が彫ってあった。すうんと伸びた葉と花が一つ蕾が二つ。先生の名刺が添えられていた——さむかったあの晩のあのご親切、いよ子さん、ありがとう、忘れません、と見なれた細字で書いてあった。目の底に、髪のくずれた先生の、あの晩の疲労した顔がうかぶ。いよ子はおじいさんでなくて、先生がどんな様子か、見てこなくてはならないと思った。先生はいまあの時よりもっと、くたびれているかもしれないのだった。それを確かめなければいけない、それは自分のおでんの結果だ、というような気がしてならない。結果はちゃんと確認すべきものであり、責任があるわけだ——とこのごろそのことがいつも胸にあって気が暗かった。

だが、それを電話できくなり、行って見届けてくるなりしようとすると、さて気がくじけて、うじうじと有耶無耶におわる。しかし、おでん、食欲の恢復、浜田先生の過重になった労働、という成行きを平気ではいられなかった。いまも、自分は悪いことをしたのじゃない、と信じている。が、好意は好意でも、ふと思いついた好意である。熟慮した好意ではなかった。一つの行為の、その結果がどうなるかなどということは、まるで考えられもしなかった。それほどおでんをあげようという思いつきがうれしく、きっと徹夜の人たちの寒々しさを払う役に立つ、と思ってそれ以外はなに一つ疑わなかったのである。責められる節はここなのだった。ふと思いついた好意なんて、浅薄だったのではあるまいか、ここを思うとたしかに愁いがあった。ひとりよがりのさし出た仕わざじゃなかったろうか、そこを思うとたしかに悔いがあった。その愁いや悔いに重石をかけているようなのが、克江のいう、人の不幸にハッスルするなんて、ほんとにいやらしい、という言葉だった。なにを嫌味なことをいう、と聞きすてにしていたが、それはこういうことを指していたのじゃないか、と思うとたまらなくいやな気持がした。あれはハッスルだったろうか。いえ、違う、と思う。だが、一種のハッスルとはいえることだろ？　と自問すると、そうではない、といい切れない内心の声があった。

いよ子は学校の早く退ける日に、先生のところを訪ねた。よう子さんだけがぽつんと勉強していた。末っ子でまだ中学生である。

「先生はまだ学校なの。」

「うん、三学期だから用が多いのよ。」

「おじいさまはどう。」

「自分の部屋に寝ている。調子いいみたいよ。感謝しているわ、いよ子さんの八つ頭のおかげで助かったって、しょっちゅうそういっててよ。よっぽど八つ頭が気に入ったのね、おかげであたし、何度も何度も八つ頭、煮させられちゃった。うちじゅうがもう食傷しちゃったんだけど、おじいさんひとり、よく食べるわねえ、感心しちゃう。あきないらしいんだから驚嘆よ。」

「いいのかしら、そんなに食べて。」

「お医者さんがかまわないって。だいたいすごく食しんぼうになったわね。ごはんでもお菓子でも、なんでもなのよ。まるで人が変ったみたい。」

「どうしたのかしら。」

「子供がえりしたんだろうって。食べものだけじゃないのよ、愛想もよくなったし、おしゃべりにもなったし。いよ子さんも知ってるでしょ、どっちかっていえば黙ってるほうで、どことなく気ぶっせいなところあったわね。それが全然なの。だからお兄さんがいうのよ、きっと生死の境へ置いてきちゃったんだろうって。」

「じゃあ機嫌がいいのね。」

「そう。今迄にないほどね。よすぎて困っちゃう。まったく今となれば、まえのぶっきらぼうがよかったかもね。」

「なぜ。」

「だっていよ子さん、あちらさんにあまり機嫌よくでられれば、こちらとしてもそう素っ気なく切りあげられないじゃないの。あたしなんか要領よくやっちゃうけど、お母さんはまともにかぶっちゃって、ふうふういってるわ。」

いよ子は思わず身をかたくする。

「朝、出勤するとき挨拶にいくでしょ、するとそこでやられちゃうの。お天気がどうの、風があるの、それで、ご苦労だねなんていわれると、よわいらしいのよ。ごたごた手間取って、そのあと大車輪にならないと間に合わなくなっちゃう。帰ってくるとまたそれで時間とられて、夕食すんだあとまたでしょ。おじいさんは昼間ぐうすか眠っちゃうんだから、夜は絶好なのよ。しかもそのひまに、あれ食べたい、これ食べたいでしょ。」

「先生、疲れていらっしゃるんでしょうね。大丈夫かしら。」

「そこがうまくいってんだなあ。精神的サポートがあるんで、へたばらないんでしよ。」

「なあに、それ。」

「おとうさんがこれまたちょっと、精神構造をかえたっていうわけかな。とてもお母さんにやさしくなってね、なんでも協力しちゃう。ものすごい庇いかた。なんでも俺がやってやる、俺がやってやる。子供たちこそ災難よ、俺がやってやるっていいながら、オイおまえも手伝えって。否も応もないでしょ、おとうさんじゃ。」

「それじゃ浜田家はいろいろ大変化ね。」

「変化もいいとこ、大地震の大揺れだわ。」

「それにしても、結局はやっぱり、先生は無理しちゃうんでしょうね。」

「大丈夫なの。その点ももう手配ずみでね、あしたから泊り込みのお手伝さんがくるの。とてもパートタイマーじゃ間に合わないんだもの。」

「そう。それじゃ息がつけるわね。」

いよ子はおじいさんの病床へいった。おじいさんはよう子の言う通り、ほんとに今迄とはちがっていた。丈夫なときは淋しいような、厳めしいような顔をしていたのが、いまはにこにこし続けで、賑やかな表情をしていた。ただ、そんなに沢山たべるというのに、顔も手もずっと痩せて、指などは骨の音がきこえそうなくらいに、肉がおちていた。声もひくくなっていた。

「おでんをね、ありがとう。」

なるほど口をきくのがだいぶのろい。いよ子におでんをもらうとは、思ってもいなかった、とそれだけを話すのにも手間がかかって、この相手をするのは忙しいとき、急ぐ時には相当ほねが折れると思われ、二人の浜田先生が庇いあいながら、このおとうさんに尽しているのだなあ、としみじみおもう。おじいさんの仕合せがよくわかる。そして先生たちも心ゆくばかり親をみとって、晴れ晴れしているに違いない、と察した。しあわせなのだ、と思った。そう思うと、かなしいような感情がわいて、胸がはらいだ。せつなさがあった。けれどもおじいさんは、そんなことは気付くわけがない。

「また、なにか、おいしいもの、もってきて、くださいよ。」

いよ子は思わず咄嗟に答えた、ええ、持ってくるわ、と。そして、ぐうっと歯をかんで反省し、いいえ、これでいいんだ、と呼吸した。

その帰り道、いよ子は気が軽かった。あんなつまらないことを、なんで苦に病んだのか、とおかしかった。もしかりに、おでんが先生に疲労を背負わせるきっかけになったとしてもだ、それならそれで働く気になれば済むことだった。先生の手助けをすればいい、行って洗濯でもお惣菜ごしらえでもやればいい、なぜその知恵がでなかったか、とあやしむ。知恵のまわらなさだ。そう、知恵の貧困だ。心の貧困ゆえに、人の不幸なんかにいやらしくハッスルする、と克江はいったが知恵のともしさゆえに、つまらなく悩んでいた、とわらった。

いよ子は度々、浜田さんへ手料理をはこび、また地方から到来した名物などを持っていった。いよ子のできる料理は数が知れていたから、泥縄式に料理書にたよったりした。そうして足しげく出入りしているうち、あるときはっとすることを先生から聞いた。

「あたしたち忙しいにまぎれて、思えばあまりおじいさんをかまってあげなかった、と気付いたのよ。一緒に住んでいると、つい自分たち本位になって、正直にいえばおじいさんのことを特に思いやるなんてしなかった。改めて思えば、おばあさんがなくなって、おじいさん一人残ってから、もう八年にもなるわ。さぞ、だんだん淋しかったでしょうに、よく我慢してくれたと思う、なにひとつ愚痴っぽいことといわなかったもの。そんなこんなを思い合わせると、あたしたちは子として行届かないことばかり。でもね、遅まきだけれど、やっとやっと間に合ったというものよ。いま、うちじゅう総力をあげて、おじいさん中心にしているの。ほんとにあの時、あのおでんがなければ、それきりだったかもしれない。あのおかげで、いまこうしてやっと間にあって、少しでもなにか気に入るようにしてあげられるんだわ。」

いよ子は先生が私事や、家庭雑事で決して休んだことがなく、何年間も精勤だという評判をおもいだした。いま先生は舅に思いやり足りず、不行届きだったといって詫びているが、それもまた勿論悪意などではなくて、そうなるのも止むを得ない状況だったろうと思う。

三月、卒業式も謝恩会もすんで休暇になった。おじいさんは安楽に、自分の部屋の、自分の場所で、みんなに見守られて、臨終の幕をくぐっていった。

「おばさま、あたし結婚するわ。ここいらが汐時だとおもっちゃった。東京の男性って、さすがにきっぱりいうわね。君のようなひとは、暫時あそぶ相手にはいいけど、結婚となると僕の好みじゃないって。暫時とはなによ、ねえ、おばさま。よくもよくもと思ったけれども、いやあな感じ。」

「お相手がきまったの。」

「ええ、まあね。見合いよ。おとうさんが探してきた人で、まあまあの条件が揃ってるんだけど、いかにもすっきりしないの。ダンスもマージャンも嫌い、趣味はクラシックだって。」

「おとうさんのおめがねだから、堅実派なんでしょうよ。」

「堅実すぎるわ。それに着るもの、もう少しどうにかならないかしら。一緒にお食事するの恥かしかったわ。」

「あなたが見立ててあげればいいじゃないの。」

「見立甲斐ないみたい。でもま、とにかくそういうことです。いずれ父が来て申上げますが、ながながどうもご迷惑おかけしちゃって。」

やがて幾日でもなく、克江は去っていくだろう。別れといっても、これはおめでとうといって送り出す、悲しくない別れであり、それに菊村夫妻にとっては、ほっとする安堵なのである。うちの中に華やぎと軽快さが漂っていた。克江は毎日あれこれと買物をしてきて、部屋にひろげる。

「ねえいよちゃん、少しは手伝ってよ。あんただって興味あるでしょ、結婚のための買物なのよ。」

「さし図してくれればいくらでも手伝うわよ。だけど、いいのかなあ手伝っても。またがつんとやられちゃ、恰好がわるいでしょ。」

「なによ、がつんとやられるなんて。なんのことよ。」

「あら、忘れちゃったの。いつかいったじゃないの、人の取込ごとでハッスルするのはいやらしいって。」

「ああ、あれはお葬式だの危篤だのの場合よ。」

「それじゃあ、お嫁入りならハッスルしてもいやらしくないの。」

「そうよ、喜びごとですもの。ちがうわ。」

「そうかしら。違うかなあ。ま、それはとにかく、いやらしいなんて軽蔑されないのなら、ハッスルして手伝うわ。」

「あら、こだわるわね。あっさりしなさい、あっさりと。」

「はい。でもね克江さん、あたしこだわるんじゃなくて、素直に克江さんのあの言葉、ほんとにぴりっとしたいい言葉だと身にしみているの。克江さんの記念よ。いつまでも忘れずにいるわ。あたしはハッスルしたがる性質で、ハッスルするのが好きらしいんだけど、気をつけるわ。いつ、どこで、なにを、どのようにハッスルするか、ぴりっと考えて上手にやるわ。きっとあたし、一生ハッスルしていくと思うんですもの。」

「あきれた、いよちゃんてぼけっとしてるみたいなのに、相当ねちこいのね。ああしんど。」

いよ子は克江の新居の掃除も、荷物の運びこみも張りきって手伝った。そして式当日にも、はればれとお客さまの間をうごいて、雑用をつとめていた。それは少女の感傷、子供っぽい純情を抜けだした姿にみえた。

ひとり暮し

去年のくれから、ひとり暮しになった。ほんとはおととしの秋、娘が結婚すると同時に、私ははなれて一人の生活をする段取りにしていたのだが、住居のことが心組んだように都合よくはいかず、なんのかのと結局は二年ももたついて、やっとひとり暮しになった。

老後はきっとひとり暮しになるだろう、と見当をつけたのは、もうかなり以前のことになる。離婚したとき、子供はまだまだ小さかったのだが、この子が結婚したら自分はひとりでくらしていこう、と思った。別にどうという心づもりがあったわけではなく、ただぼんやりそう思っただけなのだが、ぼんやりでも度々くりかえしてそう思ったものだから、年数が経つうちに、なにか芯みたいなものができちまった感じになった。そうなると、勿論一方では一人住みの淋しさも考えるけれど、淋しさよりも気楽さ、勝手さのほうをよけい思ってしまう。それになんといっても、私にはこれは、生れてはじめての経験なのだから、一人きりで住むとはどんなふうなものか、といったおもしろさがあった。

それでおとどし、娘夫婦が新婚旅行に行っているひまに、私は私でさっとばかりに引越をした。友だちの邸内に、一戸建のはなれがあいていたので、ほんとに都合よくいった。つまり、かねての思い通りに一人住みがはじまった――といっていいのだが、これが妙な四人住みになってしまった。引越をたすけにきてくれた古なじみのお手伝さん達が、私のことをかわいそうがって、とても一人だけおっぽり出してはかえれません、という。かわいそうじゃないんだ、といっても、いえ、それだからかわいそうなんです、と愁わしげな、かわいそうがった顔をしている。いつもはそれほど頑固な人達ではないのに、どうしてそう言い張るのかと、だんだんきいてみると、やはりちゃんと訳はあった。

その家が洋式だからなのだった。ベッドで椅子で、全部床張りの畳なし、というのが原因である。そのなかでウロウロと、鋏はどこへいったかしら、などと捜しものをしている私をみると、どうにもしょぼたれていてやりきれない、と遠慮しながらいうのをきけば、なるほどなあ、とおもう。その三人のなかでいちばん年齢の若いのは、農村出なので少しせきこんでしゃべるとへんなことばになる。みじめのことをメジメといったりする。

「自分の寝姿が自分にわかんないのは、しよもないけど、おくさんがベッドのなかにおっぱまったようんなって寝てるの、あたしにゃとってもメジメにみえんね。やっぱりとしとっちゃ、外側が雨戸、それからガラス戸、そのもひとつウチラに障子で、そこへ寝ているんでなくちゃだめだね。ガラスとカーテンだけだと、暁方みてみりゃ、まあず、よっぽど良かない顔色にみえるもんな。」その言いかたがあまり本当なので、さぞじいっと視つめていたのだろうとおかしくて「あたしのこと、死んだんじゃないかと思ったんでしょ」と軽口をきいたら「息をしていないみたいだったもの」と白状するからこまる。とにかく暫くは四人で住むことにした。

家主夫人と私はこれも古くからの友だちだから、たがいに気心はよくわかっているが、店子としての私の生活ぶりには理解がいかないのだろう。この人手不足の世の中に、三人ものお手伝さんを従えて、あなたいったい一日中、なにしているの？　ときく。答えにつまるけれど、なにもしていないとありのままをいう。すると「へええ。あなたって案外お金もちなのね」という。万事こういう筋違いになられては、時々どうにもバカ笑いがこみあげてしまうし、バカ笑いなどしたあとには、へんに食欲が起きたりした。椅子と白い壁のあいだで、三人の人の好いお手伝さんは私のメジメを慰めようとし、私はそのメジメのおかしさにまけた。せっかくぼんやりに芯が固まって、さっと引越したまでは上出来だったのに、思いがけない外れにひっかかった。住宅の様式というのはおろそかにできない。

そのうちに年の暮になった。ここへまた思いがけない話がはいった。いまは娘夫婦が住んでいる、もとの住居のすぐ近所に、売地があるという。歳末の出物といったらいいだろうか。私は飛びついた。親と子と二世帯が別々の家に、しかも近所で住める、となったら此上ない仕合せだ。こういう降って湧いたような仕合せの場合に、利口と抜け作の差がはっきりするのだそうだが、その時私は、飛びつかないのはウソだ、という気だけがした。どうでいつまでも、友だちのはなれを借りているわけにはいかない。いずれは何処かへ小さく、ついのねぐらをと思っている矢先だし、交渉は順調に進むので、気がはやって、彼岸にはもう地形《じぎょう》にかかるつもりかなにかだった。だから、又々さっとばかりに引越をしかえした。元の住居にいる娘たちのところへ、同居に押しこんだのだ。大工さんのことその他に、近いところにいれば都合がよかろうし、小さい家だから待つほどの間もなく出来上ってしまうだろうし、同居もせいぜい二ヵ月くらいという計算だった。

ところが、利口でない結果がきた。お定まりの、こちらの思うようには相手方が卸さない、という状態になった。煮くたれた餅みたいに、きつく扱えば引き千切れる、成るままに任せておけばいよいよだらつく。嫌気がさして、もう忘れてしまおうと思ったりしていると、つかぬことを伺いますが地所をお売りになるそうで、という買手があらわれるから、なおのこと気色はわるい。そのうちにも日は経っていくが、日もただは過ぎていかない。小さい不愉快を、ぽつぽつと積み残していく。気の衰えを感じさせられた。ついの棲家をねがったりしたのは、柄にもないことだったなどといじけだすと、もういけない。戦争のときには野天で絶えた人がたくさんあったじゃないか、と一気に十何年も古いところへ頭がつながっておもう。すっかり気は離れた。

けれども居るところが落付かないのは、毎日が不自由でこまる。しかし三人のお手伝さんは、舞い戻りの引越の世話をすませると、それぞれすべき用事はすませた、といったような納得のついた顔つきで引取って行き、同居は不自由でも椅子のくらしほどは哀れっぽくない、と言いおいていった。娘夫婦は私に押しこまれて自分たちも困るし、うんざりしている私を見かねもしたろう。自分たちがその嫌気のさしたところへ住もう、と提案してくれた。それに子供をうむのだ、ともいう。それで一時に道がついた。古い親が古い家に住むことになった、というと、人がみんな「よかったわね」といった。廻り道の手間をくうようにできていたのかもしれない。

やっと土地のごたつきも片付いて、娘たちは素人考えに間取りのことなど話しあうらしかった。出産のことも、この節はもう早くのうちに病院と約束がすむから、心配なことはなにもない。私は一年半もまごついたわけだが、ここまでくれば安心になった。現金なもので心がのびのびした。折から暑さがきつくなってきた。しきりに涼しいところへ行きたく、万座で遊んで上機嫌になった。それなのに帰って来る早々に、やたらと鼻血が出るくせがついた。

鼻というのはからだのなかでは敏いものだとばかり思っていたのだが、意外に鈍物でおどろく。なんということもなく、血が流れだしちまう。特別の、何の感じもない。流れてからわかる。流れ出す時にはわからない。感覚は鈍いものらしい。たかが鼻血だとは思うけれど、いい感じではないし、きたないし、馬鹿たれている。まわりも心配してくれる。年齢が年齢だから、どこから血が出たにしろ、一応は癌を疑うのが常識だという。そうきけばたかが鼻血だ、などとはいっていられない気がした。それにしても鼻の癌というのを私は知らなかった。それだから困る、癌はどこにもだという。では鼻癌だったらどうすればいいかというと、鼻を取ってしまえば治るのだそうだ。言っているほうでは然るべき根拠があっての上でいうので、デタラメやからかいとは違い、ごく真面目な態度である。だから、言われている身のこちらはしいんとした。鼻を失った自分の顔を想像すると、えらくしいんとした静寂を感じる。やはり鼻がなくては形はつかないものだ。ついぞ鼻をなくすことなど誰も考えたことはないに違いない。仕方がなく、耳鼻科へ行った。ここにも病人は多い。満員の患者である。

簡単に、鼻が曲っていて、曲り角の部分に傷がついているが悪性のものではない、といわれた。何度か治療に通ったが、鼻曲りだと診断されている人がいくらもある。きけば鼻曲りのために生じ易い病気があり、その病気はいくらでも治せるようだが、曲っているので治そうという話をしている人はいないもののようだ。私も鼻血だけ治してもらって、曲りはそのままにした。

あとから考えると、鼻をとってしまうということを、真面目に考えたのはおかしくもあるが、そのまじめさの後味はわるくない。大切なことを考えてよかった、という思いがある。眼は眼鏡の度が進めば、あるいは見えなくなる日もあるかと思うし、歯や耳や手足の万一も、時には誰か知人の身の上できくことがあり、考えもさせられるが、一生のうちに鼻と別離することがあるかもしれないとは、まったく考え及ばないことだった。若干の鼻血が出たために、まわりの人達を心配させ、自分もいろいろと検査を受けたり煩わしいことだったが、おかげで鼻のいとしさがわかった。それで、おかしな話なのだが、その後鼻のことを思うとき私は、ひとりでに眼をふさいでしまうらしい。気分が悪いのかときかれたとき、鼻のことを思っていたので、眼をふさいでいたと気付いたのである。

その騒動がおさまると、つぎは誕生だった。男の孫が生れた。娘の夫と並んで立ち、病院の新生児室というところで、初めての対面をした。あとから気がとがめるのだが、どうも私ははじめに「見て、しらべた」とおもう。かわいい、と先ず最初にはいわなかったとおもう。勿論手をふれることは断られているのだが、頭の先からぐりと見、もう一度見て、しらべたしかめる気のあったことはほんとだ。ほっとしてから、浸みわたってくるような、かわいさを感じた。それならもし異状があれば、かわいいとは思わないのか、ということになるが、それは違うだろう。異状があっても、かわいさはやはり水の浸み入るように、拡がったとおもう。赤ン坊の力はたぶん、そんなことを遥か上越す、大きなものだと信じる。だが私は、とにかく先ずしらべるような、あらためるような気で、孫に対面してしまったことに気がひけている。生れる以前から、これは愛情の用意がちと過剰すぎはしないか、といましめていたほどなのに、その場へいったらかわいいは二の次になった。私は業の深さみたいなものに気がとがめられている。子供はいま、歯のない口をあけてよく笑う。その笑いの前にいると、私は打たれてあやうく涙をこぼしそうになる。

おばあちゃん、おばばちゃん、どっちもいい呼びかただ。声がやわらかく出る。おばあちゃんはことにいい。早く孫をもった方はおばあちゃんと呼ばれるのに、多少のテレくささと抵抗を感じるようだが、私の年齢はそれにぴたりだ。口をききだすようになったとき、小さい口を丸くあけておばあちゃんと呼ばれたりすれば、それは女のおさまりの一つの型といえるし、仕合せでもある。

でも私はおばあちゃんの呼ばれかたは、時折でいいとおもう。大部分の時は本名をよんでもらいたい。あや子さん、と呼ばれたい。小さい男の子が「あや子さんのうちへ行って遊んでくる」といって出掛けて来、私のうちの玄関へきて「あや子さんいる？」と入ってきたらどうだろうと想像する。むろんそのうちには可愛いことばかりはいわず、あや子さんの皺苦茶などというだろう。更に先にいけば辛辣なこともいうにちがいない。それでも私は孫には、なにかあや子さんで付合ってもらいたい気がする。あやチャン、アヤ公、アヤノコ、ア子ちゃん、ア子ン兵衛、ア子助、あやさん、いろいろ呼ばれたが、同じ呼びかたをされても気に入る時と、気に入らない時とあった。孫だって私のねがうように、あや子さんと呼んでくれるかどうかわからないが、おばあちゃんの呼びかたにはいい意味の時、貫禄というものが漂っており、悪い意味の時、距離とかもう済んでしまった人、とかの感じがあるとおもう。あや子さんタカシさんでいきたい。

お産が無事にすんで、歳の暮がきた。そしてやっと一家二世帯のくらしは解消し、娘夫婦と赤ン坊は引越していった。二年のあいだに私自身が出入り二度、今度また娘たちを引越させ、都合三度の引越を経て、私は一人ぐらしになった。引越のことをガッタリ三百というのだと子供の時きいたが、動けば三百がとこはものが減る、出銭がかかるということらしい。三度で計九百を費さなくては、私のひとり暮しは来なかったのだし、なんだかだと心をなやめもしたあげく、赤ン坊がしめくくりで芽出度く私のひとりがはじまった。

が、なってみるとひとり暮しは、呑気になるより先に、えらく身辺のアラが目立って、それがまた馬鹿にできない障りになるにはびっくりした。たとえば爪だ。冬だから爪ぎわの荒れるのは当り前だが、この爪ぎわのささくれや爪の伸びは、家族のある場合はよほどぼかされて映る。ひとりだとすさまじく見える。一人前の、分量すくないお菜ごしらえの俎《まないた》に、爪先の荒れは我ながら眼をそむけたい思いがある。瀬戸もののお皿へかける親指、ぬり箸を持つ人さし指、陽のまだ届いてこぬ朝食も、明るい昼食も、電灯の下の夜食も、ひとりは筋立った爪、ささくれた爪先がなぜこうも荒涼を感じさせるのか。ひとりというのは穢さの度合を深めるのだろうか。私は家族といた時より、よけい手先の清潔を強いられている。

それから紐である。紐などというものは、いまや生活の中から消えている代物だ。みんなが洋服の生活だから、必要がなくなっているが、私は和服だから二本はぜひ使う。一本は腰ひも、一本は帯止め。身につける小物は、和洋装のどちらにしても、いつも新しく心掛けないと、気持の上でも見た眼にも、世帯やつれがあるものだが、ひとりの風呂場でも、寝道具の枕もとでも、もしくは外出の着換えの姿見の前でも、解いた紐がくねくねと落ちて這うと、その新しくない薄穢さにはぐっとくる醜さがある。家族のある時、こうは感じなかったものをと思う。多勢ということは、穢さを庇うのだろうか。ひとりが鮮度をたっとぶのだろうか。

それに化粧前などもそうだ。鏡台は女にとって縁の深いものだ。美人なら美人のように、不美人なら不美人のように、ともに鏡台とはそれ相当な縁をもっている筈だろう。それにしても鏡台の上は、片付いたり散らかったりする場所だ。急いだ外出のあとなどは見られたざまではない。ブラシの歯に抜毛がたまり、それがクリームや紅のよごれのついたガーゼを敷いており、粉おしろいのパフはピン入れの上に放り出されて、ピンが白く化粧しているといった具合だ。人がいればそうして外出しても、帰った時はあと片付けくらいはしておいてくれる。ひとりともなれば帰ってきても、乱雑は出て行く前のままであり、しかも帰りが夕方の灯のつく前頃だったりすると、空と同じように昏れかけて鈍くなった鏡面に、蓋のずった白粉壺がうつっていたりする。自分のしたことながら、なにかまともには眼のやれないような、憚りある気持を味わされる。これがもし、誰もいないのに、帰ってきた時鏡台前がきれいになっていたら、それこそぎょっとするだろうが、散らかりのままもつらい。女のひとりでいるのは、女である部分で障りが目立つようである。だから男の場合も男である部分で、ひとりが際立たせられてしまうのではないかとおもう。

食事だってそうだ。家族のいる時には空腹だと、みんなに笑われながらもぱくぱくと食べることが、そう卑しくも思われなかった。一人はそれが浅間しい。見る人がなく、見ているのは猫だけだけれど、おしまい迄ぱっぱとは食べきれぬ。ふと、いやあな気がして、箸がしずまる。こんなことは気にしまいと思っても、もう食欲は休んでしまう。かといって、なにやら皿小鉢を賑やかにならべ、ゆっくり時間をかけて食べてみても、これもしまいの頃には脂ぎってしまう。早箸をつかえば食物へ迫ったようになり、ゆっくりすれば食物に居坐られたようになる。ひとりは箸の速度をまで、改めて勘定させるからやりきれない。

こんな話を思いだす。ある未婚の青年がいた。容姿は普通で見苦しいところはない。若いから若さの美しさ一と通りはもっている。紺の上下も型は崩れていないし、赤いネクタイに柄ものの靴下、靴もよごしてはいない。きらうところはないわけだが、若い女性は彼を軽んじた。ものを食べるのにいやに早いのがいやだ、とみんながいう。熱いのも冷たいのも、辛いのも塩からいのも、なんでも一気にあっという間に平らげるのが、嫌悪感を催させるという。それに彼が奇妙に、厚味がなく見えるのもいやなのだそうな。そしてある雑談のとき、彼女等には彼のそのいやらしさの原因がどこから生じているか、彼の話によってほぼ見当がついてしまったという。彼の世帯道具は俎一枚、庖丁はなくて果物ナイフ一丁、牛乳コップ一個、牛乳ビンの厚紙の蓋をぬくためのキリ一本、それだけが食物に関する所持品である。俎があるのがいっそ不思議なようなものだ。彼女たちは、いくら男のひとり住みとはいえ、こうまでものが無い人なのだから、ああいう食べかたをし、あのように厚さのない人に見えるのではあるまいか、といっていた。

私はいま自分がひとり住みをしてみて、あの青年のことを思いだす——きっとあの人は、いやらしい人でも影のうすい人でもなかったのだが、たぶん「ひとり居ることが下手な人」だったという、それだけのことではないかと同情をする。私もいまはひとりになりたてで、まだひとりが下手なのだ。なりたてだから、些細な爪の荒れや紐やが、気になって困っているのだろうが、もう若くなくなってからのひとり暮しだから、早く上手にならないと、それこそ老後の気楽も味わわずじまいになろう。

戦後しばらくの間、私は千葉県に仮り住居をしていたが、そこは同じ建てかたの貸家が十軒ほど並んでいた。北どなりの家ははじめは、主人に置き去りにされたとかいう、もう年配だが若造りのひとがひとりで住んでいた。新参の私には以前のことは知るよしもないが、隣組の奥さんたちのいうのには、越してきたときにはちゃんと御主人も息子さんも一緒で、一家の体裁をもっていたものが、二、三年するうちに旦那さんがいつとなく居なくなり、ついで一人の息子さんもみえなくなってしまって、こんなふうになると付合うこちらもつらいわよ、ということだった。そうだろう、と思えた。私は逢ったはじめから、ひとり暮しのひと、と思っているからなんでもなかったが、最初は三人で、順々に一人になられては、近所も心づかいに骨が折れるだろう。そんな年齢になって置き去られ、やむなく一人暮しをするのはどんなわけなのか、いずれ当人にもずいぶん言分はあろうと察しられたが、このひとの生活ぶりを隣に住んで見ていれば、なんともいえない荒涼たるものだった。世のなみの生活のきまりというものが、すべて無いに等しかった。起きるも寝るも時間はなかった。陽が落ちる頃になってから、昼寝だか朝寝だかからさめて、散らかり髪のままお豆腐を買っているのは淋しいとも淋しく見えた。またある日にはせっせと甲斐甲斐しく掃除をし、化粧をし、着がえて出かける。そういう時はこちらもほっとして、ああまだあの元気が残っていたんだな、とうれしかった。うす紫の長襦袢が、裾から少しほらほらしていたのなども、将来まだ希望があるように受取れたのを、いまにおぼえているくらいである。

その当時は私もまだ若かった。若いといっても四十を越してはいたが、四十過ぎはまだまだ感情もみずみずしいから、このひとの暮しぶりには刺戟された。座敷も玄関も物置き同様なのはいささか愉快でもあったが――というのは私はいつもいつもきちんと片付けさせられてばかりいるし、朝晩の掃除はいやでもしなくてはならない立場にいたからだが――台所にいたってはさすがに尻込みである。ここで食べるものを扱っては、悪い病気にならない筈はない、という台所だった。これは毎日毎日お惣菜ごしらえをさせられて、うんざりしている私でもいただけない。しかしその最低の台所も、悪がしこさや太々しいきたなさが漂っているのではなく、一家のうちで不用な場所にされている、いわば主人とおなじように置き去りにされた、げっそりしたよごれであるの私はそのひとの置き去られの件にさほどの関心はもたなかったが、台所のかなしさにはまいらされ、時々は、自分の清潔なお鍋で煮たきしたものを、わける気になるのだった。

　夕方だった。電灯がついていた。玄関はなにか埃くさいような、貧しいようなにおいがあった。やがてふた間の奥のほうから彼女は立ってきた。へんな様子だな、と思った。泣いていたようであった。泣き顔をしていた。私がおとなったので、泣きおさめて出てきたのだとおもう。バツの悪い、けれどもなんだかえらく真面目なようで、そうそうに丼をおいて帰ってきたものの、ふた間と玄関と三つの電灯が、ちゃかちゃかとついていたことや、さしのぞいたところでは食卓さえ出ていない奥の部屋で、なにを身のかかりにして泣いていたかと、異様とおもいはじめればみな異様におもわれ、考えたすえ隣組長の奥さんへ、それとなく偵察をうながした。

「だから、あたし達のほうも、付合いがつらいというのよ。憎らしい人とならどんなにでもできるけど、あの歳になってひとり暮しされてるんじゃね、なにがあったにしても、こっちも辛くなっちゃう。」

　私には泣かなかったが、私より隣なじみの長い組長の奥さんには、しくしくと泣いて、今夜はいやな晩でかなわない、と訴えたという。

「へんな気でも起こされちゃ大変だと思って、苦労したわ。あなたの持って行ったお菜を一緒にたべてさ、やっと機嫌なおしてもらったのよ。やっぱり食べるものは、役にたつわね。」まだ食物の不足な時代で、誰の胃の腑も侘びしかった。いまならあのひとの哀しさは、私のお惣菜ではごまかせないだろう。

このひとは宵の口に、戸障子をあけ放しのまま、電灯をつけて、よく大いびきで眠るひとだった。苦しそうないびきなのに、顔は平安で、深く寝入っており、声をかけてもなかなか醒めはしない。堂々たる眠りぶりといえる。私も眠るのは割にうまいほうだが、ひとりになって時々あのひとをおもう、ああ何も彼も開放して堂々とはねむれない。あのひとのひとりは、みじめだったかもしれないし、近所迷惑だったかもしれないが、どこか大まかで、こせついていなかった。それにほのかな色気があったといえる。申しわけないが、私はあの頃あのひとを、愚かしく思い、下目にみていた。だがいまは、先輩という懐しさでおもいだしている。

このひとが越して行ってしまうと、つぎに入ったのがやはり一人暮しの、これはもうどこから計算しても老婆の、小唄のお師匠さんだった。若い日にはいずれ粋な場所にいたことがあるのだろう、という噂だったが、それらしくもある顔の道具だてである。ひとり住居にも、もう長い年季がはいっている、というように見うけられ、先のひとの取りとめなさとは段違いの、いわば小器用な生活ぶりだった。お師匠さん生活の人づかいのうまさ。それに老年ということが、実に上手につかわれていたには感心した。無駄には年をひろっていないのだった。お弟子さんがみんな、彼女の老齢を快くおもい、愛情をよせているらしかった。さんざんにひとり住みに住み荒らした家が、少しずつ垢をはがしていき、玄関の格子の生地がでてきた。お師匠さんは骨の折れる拭き掃除などしない。でも誰かが格子を一本一本拭いている時、老人はきっとそこへ出てきていて、なにかしている。たとえば玄関わきの南天の枯葉をとっているとか、ちょっとした雑草を抜いているとかである。うまい、とおもう。

朝の、いいひとだった。私のうちよりちょっとおそくおきるから、こちらの台所から隣の奥の様子はよくみえる。ねまきはわりに派手な浴衣で、上に羽織るのは柔かものへ黒襟がついている。戸をあけ払うと、きっと洗顔に台所へ行くのだろう、暫くして縁はなで必ず鏡へむかう。髪ももう薄いのだが、小さい鏡の前へゆっくりと坐って、櫛をつかう。一束ねにしてちょこんとまるめるだけを、丹念に気をいれてやっている。まとめあげると、とみこうみしたあげく、右手で右鬢を左手で左鬢を、すうっと撫であげ、はては髱のおくれ毛を大切そうに上へとかきあげる。美しい手つきである。かつての昔に、髪がふっさりとしていた頃の寝起きには、さぞどんなに惚れ惚れさせる姿だったろうか。もみあげから耳へかけて、耳から髷の根元へとかけて、黒い髪へ白くしなう指を波のようにうねらせてかきあげる。同時にいくぶん眉は吊り、首も少しかしがる。日本調の好きな人なら、点をいれる姿態であったろうと推察するのだが、いまは残念に、肌の透く髪であり、肩も腰も板のようだ。だが、その手の仕種、眉のかかり、首のかしげ具合は、まさに、たっぷりある髪そのままを、しのばせていた。櫛をつかうたのしさ、髪を結うたのしさ、鏡にむいている満足さ、もっというなら、老いても女には女のたのしさがある、ということがよくわかる、彼女の朝の日課である。髪を結っているかぎり、こちらまですがすがしかった。やはりきっと年季だろうか。一人暮しの年季か、髪をいじる年季か、よくはわからないけれど、昨日今日のものではない、長い朝々の結果かとおもう。一生にどんなことをどんな態度で経験してきたかは、誰も知らない老女だけれど、たとえ何をどうして来ようと、朝の髪を念入りにつづけて、若いころをしのばせるとは優しい。老女の櫛づかいがいやみでなく、執念くさくなく、滑稽でなく、楽しげだったのは気持がいい。やはり先輩というか、先達というかだろう。

おばあさんの一人暮しだけではいけない。おじいさんのひとりもので、一人暮しもある。うちではこの人を、いい爺《じつじ》と呼んでいる。もう七十を過ぎている植木職で、近年はすこし背中がもちあがって、顎が前へ出たようだが、なかなかどうして、夏にもまけず冬はしのぎいいという大丈夫さ、高い樹の手入れが得意だ。この人のほかに、もう一人のおじいさんがいた。見ているとそれがまことに依怙地で、身体は動かないのに、口はうるさく動くたちらしかった。いい爺より一、二歳の年長で、どうも少し人当りがわるく、人づかいもきつい。逆に片方は、口をききたがらず、からだはよく動く。「木というものは口はききませんので、木を相手のわたくしどもも、そう口をきかなくても、用は足りますわけで」などといっている。それで自然に、いい爺、ワロエ爺と呼んだ。みんなのこしらえた呼び方だから仕方もない。

いい爺はおくさんに先だたれ、息子にも戦争で先だたれてしまった。これも止むを得ないひとり暮し組である。いつかうちのお手伝さんに使いに行ってもらったら、まだ出入り先から帰宅していなかった。もうすぐ帰ってくる時間だというので、待っていた。あるお邸の裏庭の中に、住ませてもらっているのだそうだが、待つ間の所在なさにその辺を見ると、男ぐらししながら、ひと通り世帯道具もあり、手勝手よくものが並んでいた。植木職らしく、手ぼうき竹ぼうき草ぼうきが揃って、手製らしい昔ふうのちりとりが添っている。あんな塵取りはいまは探したってありませんよ、と使いに行ったお手伝さんも、昔の人だからわかったらしい。

帚のそばに手桶があって、水が満たしてあったそうな。バケツでない手桶である。

それも今どき珍しい品である。そこへ爺は帰ってきた。おやおや、これはまあ、待っていただきましてすか、といいつつ、爺は手にしていた新聞紙の筒をくるくると解いた。花の枝一本だった。それをざぶっと手桶の水へいれると、ひょいとからだの何処かから鋏をだし、水の中の枝をぱちっと水切りし、引きあげ、縁の障子をあけると、すぐ机の上に飾ってある仏さまの花立を、その新しい花にかえて供え、手を合わせて拝んだ、という。

「ごめん下さいまし。どなたさんがいらして下さっても、どうもうちへ帰りまして第一にこれをいたしませんと、気がおちつきませんでして、つまりなんですな、うちの者へ挨拶みたいなものになっとります」といったという。お手伝さんは感じ入って報告し、やっぱりいい爺だ、と改めてきめた。仏さまはおくさんと息子さんにきまっている。

この人は出入り先から帰ってきても、ごはんをすませても、おそらく無言だろう。思うことは銭勘定よりきっと、故人たちの追憶や、あそこの家、ここの邸の、長年手がけてきた植物群のことだろう。男らしいひとり暮しだとおもう。

あとでの話

今年はきびしい寒さだった。そのせいか天にかえった人が多かったようにきく。私のようにつきあいの狭いものも、お正月すぐから黒いきものを続けて着た。あの着物はさむい着物だ。縮緬とちがって羽二重という布は、温かくなろうとしない性質だとおもう。それにしても今迄にも喪服を着て、寒いなあと思ったことは何度もおぼえがあったが、今年は格別だった。自分の着ている着物に自分の手がさわって、ぞっと冷たさを感じたのだから、事実よほど強い寒気だったのだろう。かなり寒くても、着ているもので、普通ぞっとすることは、まずないものだ。

それに、着換えのときから、なんとなくよくなかった。くたくたな着かたをしてしまった。着おえてコートをつけて、玄関で寒いなと思い、外へ出たら一層さむくて肱がちぢんだ。そのとき、ぞんざいな着かたに気がついた。それほどぼんやりしていた。不断着の三時頃みたいな、くたくたさ加減なのだった。こんな喪服の着ようをしたことはないのに、どうしたのだろうと気がひけながら行った。この着物をきると、いつもからだがしっかりと固まってくる感じがある。黒に締めあげられるような気がして、幾分きつめに着てしまう。その幾分か強目な着ごたえが、喪服と私との長いあいだの承知だったのだが、なんの気もなく今度、承知外のことをしたわけで、嫌な気持だった。

だいたい着物を換えるのは、気持にちょっとした区切りがつくし、からだにも新しい感じがくる。私は着換えるということで、どんなに得をしているか知れない、といつも思っている。それなのに何のこともなしに、しかも喪服だというのに、ひるさがりみたいに崩れて着た。衰えというなら、黒い悼みの着物からくたくたしはじめたのは淋しくて、正直にいうと乗りものの中にいるうちじゅう、真面目にされていた。あんまり寒いから一時的に萎えたのだ、と思いたい気のひまひまに、ちょこっとたしかにのぞかされた老化を、改めて真面目に探していた。

人がなくなるとき、どういう間なのだろうとおもう。いろんなことに一つ一つ間があるのだから、死にも間はあることだろう。むかしからきっと沢山の誰かが、死の間を計り知りたく考えたにちがいないと思うのだが、誰もそんな話をする人はないようだ。どういう間なのだか、知りたく思うのだが、同時にいつも霧に包まれたのと同じ嫌な気分になって止める。白くさえぎられた中に、もののある感じ、歩くのはこわいという感じ、湿っぽさなどがなまなまときて、不快になるのがきまりだ。なにもそんな嫌な想いをしてまでのことはないのだから、止めておこう。思って届くことと、届かないことは早く区別してしまうのが、せめてものましというものだ、とかたをつける。けれども、どことなくそのことはしみこんでいるとみえて、折にふれれば、また思わずもおもっている。そして「知らない間に死んでいくから助かっているのに」と自分をとりなしておく。浅くて、しつこい気になりかたである。

このごろは事故やらそのほかやら、ふっと急な別れがたくさんある。事故でなく病気でも、不意に早くたっていってしまうことは、そう珍しくない。なにかの定めに従ってでもいるようにして、ゆっくりと順々のこともあるし、だんだんときていて急ということもある。私自身にひいていえば、父はだんだんときた或朝ふっと、弟もだんだんときていて、さっとたっていった。しかしこれは私がそう受取っているのであって、ひとはそう思わないかもしれない。終りまでだんだんであったという受取りかたもある。叔父はそれこそ安らかな、次第の正しい順だった、と私はみる。しかしその子達はどう受取ったか。なだらかな順とはっきり見ていても、その際はやはり急だったという感情が残っているかもしれない。間はあちらとこちらと双方にあるようだ。

ごく近い血のものに、不意にたたれると誰でも、ひどく心残りがする。ああ、わからなかった、という。突然だし不意なのだからといってはみても、間に合わなさの責めにいたむ。そしてその間のことを考え、到底うかがい知れぬものとおもい、なにかわかりそうな気もして、惑うのではあるまいか。それにしても自分の身にじかのことではなくて、距離のあるよその上にきくことだと、その間がどんなに微妙に行われるか、いくらか辿りいいような気がする。ひとのかなしみをそんなふうに不躾な、ととがめられるまでもなく、自分でもそのように心が走るのを憚る。

ある秋、病後のやしないに二ヵ月ほど他所へいっていた。前に海、うしろに山の、素朴と人ずれが混合している土地だった。長どまりになれば、宿の人たちにも、そこへ集る土地の人たちにもなじみができて、退屈になれば帳場の奥の部屋へいく。昼も電灯をつけっ放しにしておく、暗い嫌な部屋だが、いつも誰かが寄ってしゃべっている。私という他所者がいても、一向かまわず話す。

「まあた、あこのばんばがわりいとね。死ぬ死ぬのさわぎが、こんではあもう、よんど目だに、こんだあもう、きっと生《しょう》がつきるわ。あこのうちの衆も、えら長いことの看病で気の毒なけど、先は見えたってもんだ。今夜あたり見舞にいくんのが、ひとりばっかりじゃ、とても行ききんねえ。誰か、つらって行くもんなか？」

死ぬ死ぬのさわぎが四度目という病気は、隣の町のお医者さんにも見立てのつかない、得体のしれない病いで、咽喉がえらくゴロゴロ鳴って、からだのそちこちに、瘤みたいなかたまりができているという。食欲もあり、熱もひくいが、目がさめているあいだは苦しがり、絶えず文句をいい、食べたあとはすぐ眠ってしまう。病人はなかなか気性もののようで、実の息子とも孫ともいい合いをするし、気に入った見舞客にはお世辞たらたら、気にいらないものには毒口をたたく。いたいたしいのは嫁さんで、音もたてないようにして縮んでいる等々、ほめる話は一つもない。それもみんなが気を揃えたように、同じことをいうのだが、私にはそれがなにかは知らず、ちょっとおかしくはないかと疑えた。

その日、なんの気もなく、便箋を買いに雑貨屋へいったら、そこのおかみさんにいきなり、「おばあさんの容態はどうです？」ときかれておどろいた。万事この調子でニュースは流れるらしい。誇張して伝えるものが一人あれば、村じゅうがそういう。

伝わるうちには針小棒大になりもしよう。私はおばあさんを気の毒に思い、そしてそう思いすぎないように警戒した。

宿の溜り部屋は、おばあさん情報の中継所みたいになった。おばあさん宅は人の出入りが、なかば自由に任せてあると察しられ、入れ代り立ち代りに、医者が来た、なんと診断した、何を食べたと報告はくわしかった。病気はよくないようで、遠い親戚にしらせることになって、息子夫婦はとつおいつ思案しているという。前に三度もはるかから集ってくれた人に無駄足をさせたので、いろいろとやりにくくなっており、とそれがまた詳細をつくして受発信される。なにか今度このたびは病人は、まさに出立しないと義理に欠ける、といったような感じがただようなかに、ニュースはだんだんと盛りあがりを見せていった。とても普通では見られないような、病人の奇妙な癖や意地悪さを伝える。これでは憎まれても仕方がないといえる。私は心の中に、病気の末の錯乱がはじまったのに、まわりの人達は知らずに、まともなぶつかりかたをしているのではないか、と解釈した。とうとう憑物説、たたり説がでた。いよいよ老婆は怪物めかされた。医者のいう「時」は何度も外れたし、おはらい祈禱をすすめるものもあり、祈禱者の祈る姿があたりへおびえを置いていった。

親戚へしらせが打たれた。家人も看病手伝人もへとへとになった。病人の数をこなしてきた老先生も、へとへとの家族たちに一途にすがられ、村人たちに見つめられていては、夜中の往診依頼をすげなくことわりもならず、「これじゃ通いづめだな」とこぼした。親戚はゆっくり構えていて来ず、葬式の日取り知らせ、と返電してくるのもあって、主人はよけい気をくらくされた。子供までが遠慮ぶかく無言になり、大人は罪あるもののようにうなだれていい、病人だけが重々しく仰向に寝て、重態を宣告されているのに拘らず、小じっかりと保っていた。さすがの情報屋達も気勢をそがれ「あのうちは病人だけのうちになった」と報告し、きくほうも「ほんとにねえ」とだけいった。

強い風が吹いていた。時折強風の吹く土地柄である。どちらから吹く風だか、他所者にはわからないように吹きまくる。家の東西南北が鳴る。山の木が頭を大振りに振り、海に船も鳥もいなかった。空がほこりで汚れていた。日の落ちる頃、急に病人が起きあがって、さわいだというしらせが入った。せっかく納まりかけた人の心が、てもなくまた煽られた。

菩提寺の和尚さんが、落ちつかない病人にありがたい話をきかせるためによばれたこと、でもおばあさんは怒って「生きてるうちは死ぬのはやだ」とわめいたこと、仕方なく坊さんは、病苦退散のお経を読んでかえったこと、その間に主人がひそかに医者をたずねてなにか訴えたが、先生は腕組を解かず、むずかしい顔だったこと、やがて主人が一足先に帰り、追って先生も診察に来ると、「心配ないよ。お迎えの来る前には、立って歩くこともあるもんだ。時、はまず、今夜とあすの境目かね」と発表したこと。それらはわざわざ、私の部屋へもふれられた。

夜になると、急に病人は呼吸を乱してあえいだ。自動車の迎えがだされた。先生は病人をちょっと見てから、みんなにいった。

「もう間もなく、時、だかもしれないから、今夜はこの家は静かがいい。みんなも引取ってくれ。」

先生はそれから、風で冷えるといって、持参のウィスキーをのみ、病人に丁寧にした。注射をした。「これで心臓がらくになる。おやすみ」病人の眠った様子を見、暗い電灯にきりかえ、みんな隣室へ出た。先生は一時近くに帰った。電話すればすぐ来る約束だった。

三時四時、主人はうたた寝の窮屈さにさめた。襖をあけ払ってある病室のほうをみると、暗い電灯の下に、病人の片手がふらふらと宙に動いていた。はっとしたまま、見ていた。手はまだ動いていて、少しして、はたっと落ちた。とんでいった。

「おっかさん！」

「ちゃあ――」

「なんだい、おっかさん？　えっ？」

「ちゃあ――」

「お茶か？」

おかみさんがすぐ注いだが、その時はもうまた眠っていた、という。とにかく先生に電話しなくてはいられなかった。すると先生の奥さんが、「え？　お宅にいないんですか？　へんですね、どうしたんでしょ？」ときく。風は止んでいず、外はまだ暗かった。タクシー屋へ電話して確かめると、先生は自宅へ向う途中で、気がかわった、といって降りたという。その頃その道路は、東京へのトラックがスピードをあげて、続々と通る時間だった。もしや老先生が、と不吉なことしか考えられず、近所をたたき起こして、騒ぎになった。警察をといいだしている時、人に送られて、青い顔をした先生がひょこっと出て来、来るなりたずねた。不機嫌である。

「病人はどうした？」

まるでなじみのないうちで飲んでいたらしい。かつてそんなまねをしたことのない人なのだから、なにかのわけを、誰しも勘ぐらずにはいられず、問題はやはりここの病人にしかないように思い合わされた。「先生はおばあさんに連れていかれそうになっているんじゃないか」と笑う人もいた。先生は出てきたし、病人はまたまた延びるようだ、となると人は散った。

ひる、おかみさんがスープを運んでいったとき、病人はひそとひとりで、亡骸になっていた。誰もいず、誰も知らず、先生の予告もはぐらかして「時」はきていた。夫婦は亡骸を前にして、当惑し、ひるんだ。おばあさんは本当に死んだのかと疑い、生きかえるのではないかと疑い、このまま人に知らせては間違うように思い、しばらく様子を見ていたほうがいいと思い、よりよいやりかたをとあせりつつ、無為に一時間を経過した。死は確かだった。

そのあとの、人々の気合のかわりようを、私は感嘆しつつ見た。今迄の、どこか陰気なくせに、ちょろちょろと目まぐるしかった空気が、からっと幕をあげたように大びらになり、無邪気なほど機嫌がよかった。いそいそ、といえば依怙地ないいかたになるが、それくらいの明るさがある。昨日まではおばあさんの看病と見舞で寄合ったが、今日から仏さまの供養。看病のうちは気づまりもあるが、葬式は人一代のおたちぶるまいであり、お見送りなんだ。その支度をするのだから、いじけることはない、という気があるから、それが和気になり、賑やかさになり、いそいそとさえ見える。こうなるといかにも甲高くきこえる土地言葉と、かけかまいない笑声とが渦になっていた。喪には喪の華やぎがあった。

医者に代って、坊さんが来た。親戚も集った。たまにしか逢わないという身内同士なのに、逢うとすぐに、形見わけのことで気まずい意見ちがいがあって、たがいに言い募った。仲裁が入って、預けることになり、口争いは先ず静まった。するうちに近所の衆のなかに、どうしたこうしたの揉めごとが起きた。それ等のごたつきを抱えて、葬式の日になった。

行列をして、柩をかついでいき、土葬にするのだから、天気のいいのは幸だった。坊さんのしきたりは、ひる前に来て、お斎をよばれる。それから出棺前のお経をあげ、行列が静々と練っていくうちに、自分は裏道から大急ぎにお寺へ戻って、到着を待つ。それからいよいよ葬りの儀式を行う。終って埋葬である。

出棺は決めた時間より少しおくれた。初冬の陽はかげりだすと早いから、坊さんはお弟子さんに、行列をせかせる指図をしておいて、駈けるように戻った。ところが行列がついても、肝心のお坊さんの袈裟ころもがつかなかった。弟子坊さんが行列にばかり気をとられて、喪主の家へ忘れてきてしまったのである。電話で取りよせることにしたが、かなり時間がかかり、会衆はあきれていた。

やっと式が始まった。本堂は寒く、須弥壇の奥はもう暗かった。席はあまっているのにみんなは膝がつくほどにくっついて坐り、早テンポの読経に、ある人は畏り、ある人はついて誦した。和尚さんが一段と早口になった。誰かが身じろぎをし、そこから伝わって、女たちがしのび笑いをした。カラマワリ！　とささやく。和尚さんは無念無想のようで平気だが、隣席の若坊さんが困って、まごついた。ためらったあげくに、本柾の撥で和尚さんの肱の辺をこづいた。それでもだめだったので、肩をこつんとやった。けげんそうに、和尚さんは誦しながらそちらをみた。若坊さんは身をよせて話した。やっとわかった。だが和尚さんは、なぜだかすっかりうしろへふり返った。そして狼狽し、突然「閉めとけっ」といった。うしろは障子仕切があいていて、入側、その先は庭で、植込で、いつも通りだった。何事かわからなかったが、紛らわしようのない異様が感じられた。おずおず立って、若坊さんが障子をしめた。

この話はしかし、うちへ帰る途中から笑い話になり、またしかしあの時の、ぞくっとした感じは残っている、という女のひともあった。結局はおばあさんはどこまでも怖い人、ということになった。

その晩、親戚は集って、形見わけをした。喪主は八方から注文をつけられたが、自分がなにも取らないことを鍵にして、解決をはかった。不愉快をむきだしにして争い合った人達も、取り分がきまって荷造りがすむと、すうっといい人によみがえって、血のつながり縁のつながりがもどる。翌朝になれば、なおのこといい人になって、昔ばなしなどに興じ、主人夫婦の見送りで、駅へと裏道をいく。平和な村道である。

「ばあさまは、頑固には頑固だけど、もしかすると、ただほんとのこと言ってただけで、気味わるいことなんか、なかったのかもしれないね。」

「どうして？」

「だって、祈禱屋さんが蛇の憑物だ、ガマのたたりだって騒いだとき、ばあさま平気でいったそうじゃないか――おら、蛇もガマも殺したことある、って。そんなことをみんなして、気味わるがったんだろ。」

「そういえばそうだねえ。誰だって野良をやればそんなことあるよ。」

「町場に住んだって、子供の時に蛇の一匹ぐらい、やるかもしれない。」

「そうだともよ――。生きてるうちは死ぬのは嫌だっていうのは、俺にしたって、そう思うもんな。無理でねえことだ。なぜああも、好かれねえ人間だったかなあ。別にわるいとこも、考えりゃないのにさあ。正直いって俺等も、若いときから好いた従姉妹じゃなかったよ。それにまた病気も、よくないのにとりつかれたもんだ。愛想のわるい病気になったのが、不仕合せだったよ――かわいそうに。」

かわいそうに、と本当の情でいわれたのは実は二人目だった。下の女の子が、棺が届いたとき、これにおばあさんをいれるのだときくと「かわいそうに！ もう死んじゃったのに、なぜそんな中へいれるの？」ととがめた。かわいそうに、は主人の心の奥にもある言葉だったが、外からそそぐ呼び水が吸上げなくては、あがって来っこない言葉だった。呼び水が二度そそがれ、亡母への手向けの言葉が咽喉まで浮いてきて、主人は素直になれたことを感じ、気持に一段落ついてほっとするものがあった。この気分のわるかった葬式一切も、かわいそうにという言葉が素直にでてきて、やっと浄化できるように主人はおもう。

落ちつけず、絶えずなにか起きはしないかと構えていた、ほんとに嫌な葬りだったが、とやっと安らいでくるおもいがあった。思えば葬式ばかりではない。母の病中だってそうだったし、いや、ずっと溯って次男である自分が、兄に代らせられて母を引取って以来のことだった。母と自分とのあいだには、絶えず落ちつけない、不安な気の合わなさがあって、かわいそうにという言葉は沈んで長かったのである。葬式も済んだいま、素直にかわいそうにと思って、こんなにほのぼのとするものならば、同じくは母のいのちのあるうちに、なぜ素直に解ける機縁がなかったか。ずれたなあ、と思う。

間などという難物のことは、思っても所詮かなわぬおもいだ。でも、かなわぬ思いが捨てられないのも仕方はあるまい。仕方がないとすると、矢張り折にふれては思ってみる、というよりない。愚かしく因果なことである。ただ、ありがたいことに、愚かしいものにも救いは配置してあるようだ——自分のことだと皆目わからないけれど、他人の上のことだといくらかわかる時もあるのだし、先にわかることは絶対になくても、時にあとでは幾分さとることもある。たまたま、旅のかりの宿に、見たりきいたりした病気と葬式だったけれど、死の間の、なんという手練手管だろう。面憎いほどの技である。だが、じっとみていると、たった一つ、間に合いさえすればいいのだ、と痛感する——といったって、これもあとでの話である。

新装版に寄せて

青木奈緒

ここ数年、祖母・幸田文が使っていた食器を日々の生活の中で使うようになった。特に価値のあるものではなく、ただ祖母が選んだというだけが取り柄の皿小鉢である。

五十年近く前のことだが、祖母が何回かに分けて台所で食器の整理をしていた。もう家にお客を呼ぶこともなくなったし、自分ひとりの食卓にこんなにたくさんの食器はいらないという理由で、日常に使うごく限られたものを残し、あとは丁寧に布やうす紙でくるみ、箱のあるものは箱にもどし、箱のないものはきっちり梱包《こんぽう》して十文字に紐《ひも》をかけ、中に何が入っているかをフェルトペンで記入した札をさげた。

それらの中にはわずかだが、戦前に曾祖父・露伴が招いたお客をもてなす際に使ったものがあった。家は空襲で焼けていることを考え合わせると、運良く事前に疎開させることができたものだけが残っているらしかった。

母の青木玉は若いころに戦中戦後のものの乏しい時代を過ごしたため、勿体《もったい》ながりは徹底していた。何をするにも扱いは丁寧で、私から見れば不用意に損じてしまうことなど、まずない。それなのに、形あるものはいつかは壊れる、と考えただけで、母は使わないことを選んだ。

だが、いつまで大事にしまっておいても、どうなるものでもなかった。使わずに処分する方がむしろものの為にならない。時は流れて、裁量は私にまかされていると思わざるを得なかった。

実際に使ってみれば、織部の向付《むこうづけ》を使いやすいと言っていた祖母のことばが思い出され、北向きでひっそりした台所が脳裏にありありとよみがえった。そこにはいつでも料理に取りかかれる簡素な静けさがあった。

「台所のおと」で主人公あきが立つ台所は、祖母の家のものとはつくりが違う。けれど、ほうれんそうを洗う描写や、香ばしく焙《ほう》じたお茶に熱い湯を注いでしゅうっといわせるくだり、あるいはすり鉢で何かをあたっていて、腕が疲れたらわざと二、三度、すりこ木をすり鉢のふちでからまわしさせ、軽い音で調子を取ることなど、台所仕事のあれこれを読むにつけ、「ああ、確かにそうだったな」と祖母の手元が目に浮かぶ。子どものころ、千切りにしてくれたきゅうりの食感は今も忘れがたく記憶に残っている。

幸田文が書いたものは、頭の中で想像して組み立てるというよりは、自分の五感で感じたことをもとにしたものが多い。小説のかたちを取っていても同様で、「台所のおと」の最後の場面、くわいのおろし揚げが油の中でさわさわというおとなしい音をたてるのを病床の佐吉が雨音と聞き違えるが、それは晩年の露伴を看取る日々の中で実際にあった出来事と聞いている。

いつのころからか、おろして使えるほど丸く大きなくわいが手に入るのはお正月前のほんのひとときとなってしまい、母はくわいのおろし揚げを元日の晩に父の酒の肴《さかな》としていた。父は椀だねとしてより、ぱらっと上から塩をふっただけを好み、母は揚げたての幾つかを白磁の皿に盛りあわせた。色も姿も品が良く、しかも手軽にできて、お正月の晩には打ってつけなのだと満足そうだった。同じことを蓮根ですると、水分の加減によってつなぎが必要になるし、第一、くわいに特有のほろ苦さが蓮根には欠けている。くわいの良さは代わりがきかないのだと言っていた。

「台所のおと」に出てくる人物はこのほかにもモデルがいて、佐吉とあきは小さな旅館を営んでいる夫婦だったが、その旅館はとうになくなったと伝え聞いた。佐吉の最初の女房で絞りのゆるい洗濯物を夜干しにかける女も、鍋や器を指先でぱらりんとはじく二番目の女房まんも、かつて祖母が目にした情景であり、会ったことのある人たちである。鰺《あじ》切庖丁をお櫃《ひつ》にとっ、と飛ばす場面でまんの内側が明るみに出るが、それとても想像で書かれているのではない。「ずいぶんとおっかない、居丈高な人だったよ」とその場を再現して話してくれたことがあった。

祖母の観察眼は本質を見抜いて鋭い。だが、意地悪く見ているのではない。台所仕事のみならず、日々の家事全般を十代の半ばから自分ひとりでくりまわさねばならなかった家庭環境が根底にあり、どうしたら効率よく、見好《みよ》くできるかについて露伴から手ほどきを受け、あとは自分で考え工夫した末に、そうしたところへおのずと目がとまるようになったのだ。自分が苦労したからこそ、そこへ目が行く。しずくのたれる洗濯物を見れば、昼間からだらだら過ごす女の言い分も、人の弱さとして理解した上で、おそらくその女には見えていなかった、ぼとぼとの洗濯物が及ぼす影響の先々までも見通してしまうのが祖母の目なのだという気がする。

書かれた作品の多くにモデルがいたことの詳細については、私が三十代半ばで長く暮らしていたドイツから帰国した後に、先に書く仕事に就いていた母から聞かされた。「身内として承知しておきなさい。だけど他言してはいけない」と。だったら何のために知るのだろうという思いもよぎったし、どこの誰と説明されても、ほとんど私が生まれる前のことで、祖母の話の中で聞いたことがあったかどうかという程度にしかわからない。忘れたことすら意識しないまま、記憶から抜け落ちたこともあるだろう。

それでも、「食欲」は今になっても、孫の私であっても、決して軽い気持では読めない。この話は祖母の結婚生活の最終段階であり、後に離婚する夫のことである。かつて国民病と恐れられた結核が人を醜く変貌させ、心が半端に離れたままの夫婦を病がぎっちりつないで離さない有様が描かれている。連れ添った末に情だけが残っている関係でも、情はすなわち愛情なのだ。主人公の沙生は認めたくない思いで、自分の心に情が残っていることを認識する。

書くにあたって祖母は母にわざわざ許可を取った。母にとっては唯ひとりの父親のことである。祖母は添い遂げることができなかった相手のことをいつも「悪い人じゃなかったよ、やさしい人だったよ」と笑って話していたが、作品に書くとなればその言外にあるものこそ書きこまねばならない。母が「食欲」を読みたがらなかったのは無理もない。

「雪もち」「祝辞」「呼ばれる」「おきみやげ」と、それぞれの背景について、私はよく知らないくせになつかしいような、不思議な感慨を持ってこれらの作品を読む。話してくれた母は幸い元気にいるが、そうしたことを記憶しておかなくてもいい歳となり、承知しているのは私ひとりになった。

時として祖母は「書くこと以外で食べて行けたら」と嘆いていた。一方で「ものを書くこころ」と題した講演の中では、「本当のいやなことというのは、最ものぞんでいることではないのかしら、最も好きなことではないのかしら、あるいは最もせねばならぬ運命にあることではないかしらという気がしてくるのです」（『増補　幸田文対話（下）人生・着物・樹木』岩波現代文庫）と語っている。

書き起こす着想をどこで得て、どんな人間関係であったか、その後はどうなったかなど、もはや遠い昔となった。作品として結実したことだけがすべてで、祖母の他界後、三十余年を経て『台所のおと』が新装版となり、今も読者の皆様に読み継がれていることを何より有り難く思う。

解説

平松洋子

「うむ。おまえはもとから荒い音をたてないたちだったけど、ここへ来てまたぐっと小音《こね》になった。小音でもいいんだけど、それが冴えない。いやな音なんだ。水でも庖丁でも、なにかこう気病みでもしてるような、遠慮っぽい音をさせてるんだ(後略)」

耳に伝わってくる包丁の音ひとつで人物の奥深いところへ分け入り、かつ幸田文そのひとの道筋を辿《たど》る心地を覚えるのが、本書の表題作「台所のおと」である。

すでに広く知られるように、父幸田露伴が逝去した昭和二十二年(一九四七年)、「文学」の露伴追悼号に「終焉」、「中央公論」に「葬送の記――臨終の父露伴」、父を弔う文章二編を発表。翌年に執筆した「あとみよそわか」「みそつかす」もまた、父や家族にまつわる随筆である。そして「みそつかす」続編の連載を終えた昭和二十五年（一九五〇年）四月、「夕刊毎日新聞」に断筆宣言。「いまの私が本当の私かしらと思うのです」と書いて自身の戸惑いを世間に開示し、そのあと柳橋の芸者置屋で女中として働いたりもした。しかし、ふたたび筆を執って腰を据《す》え、作家幸田文として読者と向かい合う道を選ぶ。本書に収録された十作の短編小説は、執筆活動に拍車がかかる昭和三十年代に入ってすぐ書き始められた。もっとも早く発表された「食欲」は昭和三十一年発表、続けて昭和三十三年に「雪もち」「草履」。昭和三十年代後半に入って「ひとり暮し」「台所のおと」「祝辞」「あとでの話」。昭和四十年代前半に「呼ばれる」「おきみやげ」「濃紺」を発表する。「台所のおと」が発表されたのは昭和三十七年（一九六二年）で、幸田文五十七歳、父の没後から十四年ののち。しかし、露伴によってもたらされた家事雑用の鍛錬の積み重ねは、いぜん小説の一語一句に息を吹き込んでいる。すでに「あとみよそわか」「こんなこと」などで仔細に綴《つづ》られている父によってほどこされた「このよがくもん」の数々が小説という虚構を支える主題として登場し、かつ物語の妙味として顕在化しているのだから、「このよがくもん」の根の深さに驚かされるし、納得もさせられる。

登場人物は小料理屋「なか川」主人の佐吉と妻あき。ふたりはそれぞれ数度の結婚生活を経験したのち結婚、二十の年齢差があり、いま佐吉は病の床に伏せっている。ふたりは夫婦であり、料理をめぐる師弟の関係であり、病を得た者と看病する者でもある。布団に身を横たえた佐吉の耳に、障子一枚へだてて洩《も》れ聞こえてくる雑多な音。佐吉は、水音ひとつから水栓の開き具合、扱う手つき、葉ものの種類、分量、段取りの中身まで推し量り、妻の心理状態に斬り込む。病人という境遇から生じる五感の研ぎ澄まされかたは、しかし、料理屋の主としての矜恃《きょうじ》でもあり、かつて幸田文が綴った「父の教えたものは技ではなく、これ渾身ということであった」（「こんなこと」）という一文も思い出される。紙や障子、雑巾一枚、鉈《なた》一本の扱いにいたるまで徹底的に「絶対」を叩き込んだ父に対して反発の感情を抱きながら相対したのに、いぜん小説のなかに存続している「絶対」。あきにしても、夫の病状に障《さわ》ってはいけないから、と台所の音を「はなやか」「爽《さわ》やか」に心掛け、わざわざ障子を半分ほど開けて佐吉という絶対的他者の視線を浴びることで気の張りを保とうとしたりもする。

この作品を支配する一種独特の緊張感は、音を媒介にした佐吉とあきの感情の均衡が醸すものだ。しかも、二者のあいだを行き来する感情の要が、まさに「絶対」として扱われ、作品の強度を生み出す。かつて佐吉が別れた二人の女房の人物像にしても、佐吉だけの視点から離別の理由が描かれているのも念入りだ。「絶対」の概念は、いうまでもなく父から手渡されたものに違いないけれど、抗《あらが》いの気持ちを秘めていたからこそ、いっそう心身に刻まれたのだろうか。

十編それぞれ、心の機微にたいする視線の糸が張り巡らされている。その視線は温かくもあるが、人間観察の細やかさ、囲碁の石をぱちりと置いて動かさぬ厳しさを感じさせる。

「こういう場合、病気という弱さをもって、臥《ふせ》っているほうが、健康という強さをもっている看病人より力があった」（「食欲」）

「ひとりよがりのさし出た仕わざじゃなかったろうか、そこを思うとたしかに悔いがあった。その愁いや悔いに重石をかけているようなのが、克江のいう、人の不幸にハッスルするなんて、ほんとにいやらしい、という言葉だった」（「おきみやげ」）

「煮くたれた餅みたいに、きつく扱えば引き千切れる、成るままに任せておけばいよいよだらつく。嫌気がさして、もう忘れてしまおうと思ったりしていると、つかぬことを伺いますが地所をお売りになるそうで、という買手があらわれるから、なおのこと気色はわるい」(「ひとり暮し」)

　とかくあやふやに流しがちな薄曇りの感情に端然とした言葉をあてがい、作中人物に息を吹き込む。幸田文による人間観察の手つきについて考えていると、ある対話が脳裏に浮かんできた。

　幸田文は対話の名手としても知られるが、江戸川乱歩との対話のなかでこんな逸話を明かしている。十七、八歳の頃、父といっしょに長時間列車に乗るたび、乗客の身なりや佇《たたず》まいから職業を類推し合っていたというのだ。父を訪ねて来客があると、靴についた泥や花粉で通ってきた道を当てたりした。ある日、夕立のときに駆け込んできたお客があり、濡れた背広の背縫いが縮れて糸がつれているので「奥様がミシンをよくなさるのでは」と訊くと、図星だった。糸のつれは玄人《くろうと》の縫製ではないと思ったから、と言うのを聞いた江戸川乱歩は、「やっぱりお父さんの薫陶よろしきを得てあなたも探偵眼が鋭くなったのですね」「よほど知的遊戯をやる家庭だったわけですね」(『増補　幸田文　対話(上)父・露伴のこと』岩波現代文庫)と応じている。人物当ては父娘のあいだの気に入りの遊びであり、例によって洞察の訓練の一部でもあっただろうけれど、露伴は、自分の教育に食らいつき、ものごとの本質をずばり見通して腑分《ふわ》けする娘の資質を見抜いていたからこそ、水を向けた。

本書は、「台所のおと」をはじめ、さまざまな気の弱りを扱う短編集でもある。「食欲」では、結核を患って入院生活を送ることになった夫とその妻のあいだに生じた隙間を、「呼ばれる」では、脳腫瘍の手術ののち視力を失った男の内面の動きを描く。また、歳月の年輪から浮かび上がるさまざまな小説の情景は、洗いのかかった晒《さら》し木綿《もめん》のような趣を帯びている。夫が他界したあと、和裁で身を立てるきよの手に、ひょんなことから届けられた下駄との縁を描く「濃紺」。過日の出来事を述懐する「雪もち」にしても、鮮烈な赤に託された色香は月日を挟むからこそ艶やかな印象を残す。枯れた境地にみすみす近づきたくはない女心を浮かび上がらせる「草履」。年の功に哀感の陰翳を与える「祝辞」。老人との交わりにつきまとう感情に踏み込む「おきみやげ」——女や男が知らず窮地に追い込まれて弱みを見せるときの真実を、本音を、素手でひょいと摑《つか》んで捉え、指を開いてみせる作品の数々はいずれも五十代から六十代にかけて執筆されている。

さて、老いに眼差しを向ける「ひとり暮し」と「あとでの話」は、「台所のおと」を挟んで、それぞれ五十七歳と五十八歳のとき執筆された。実生活では折しも叔母が死去、孫娘の奈緒が誕生、自身の身辺に交錯する生と死が、老いという井戸のなかを覗《のぞ》き込ませたのだろうか。老いに向かう自分をしきりに取りなすような風情を醸す二作だが、しかし、父露伴の死にゆく姿を真正面から見据えて心の動きを綴った文章が幸田文の出発点だったことに想いを馳《は》せれば、やはり「台所のおと」ほか全十編は幸田文そのひとの成り立ち、あるいは原点に属するものだと思われてならない。

初出誌掲載年月一覧

台所のおと	新潮	昭和三十七年六月号
濃紺	うえの	昭和四十五年十月号
草履	週刊朝日別冊	昭和三十三年十一月一日号
雪もち	群像	昭和三十三年一月号
食欲	新潮	昭和三十一年十一月号
祝辞	婦人之友	昭和三十八年一月号
呼ばれる	文藝	昭和四十一年一月号
おきみやげ	婦人之友	昭和四十四年十二月号
ひとり暮し	新潮	昭和三十七年四月号
あとでの話	新潮	昭和三十八年四月号

本書は、一九九二年九月小社より単行本として刊行され、一九九五年八月に講談社文庫に収録されたものの新装版です。当時の時代背景と作品的価値、および著者が故人であることなどを考慮し、原文のままとしました。

|著者| 幸田 文　1904年東京向島生まれ。文豪幸田露伴の次女。女子学院卒。'28年結婚。10年間の結婚生活の後、娘玉を連れて離婚、幸田家に戻る。'47年父との思い出の記「雑記」「終焉」「葬送の記」を執筆。'56年『黒い裾』で読売文学賞、'57年『流れる』で日本藝術院賞、新潮社文学賞を受賞。他の作品に『おとうと』『闘』(女流文学賞)、没後刊行された『崩れ』『木』『台所のおと』(本書)『きもの』『季節のかたみ』等多数。'90年、86歳で逝去。

台所《だいどころ》のおと　新装版《しんそうばん》

幸田《こうだ》 文《あや》

2021年 8 月12日第 1 刷発行
2024年11月15日第 4 刷発行

発行者――篠木和久
発行所――株式会社　講談社
東京都文京区音羽2-12-21　〒112-8001
電話　出版 (03) 5395-3510
　　　販売 (03) 5395-5817
　　　業務 (03) 5395-3615

Printed in Japan

講談社文庫

定価はカバーに
表示してあります

KODANSHA

デザイン―菊地信義
本文データ制作―講談社デジタル製作
印刷―――株式会社KPSプロダクツ
製本―――株式会社KPSプロダクツ

ISBN978-4-06-523957-5

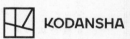

講談社文庫刊行の辞

二十一世紀の到来を目睫に望みながら、われわれはいま、人類史上かつて例を見ない巨大な転換期をむかえようとしている。

世界も、日本も、激動の予兆に対する期待とおののきを内に蔵して、未知の時代に歩み入ろうとしている。このときにあたり、創業の人野間清治の「ナショナル・エデュケイター」への志を現代に甦らせようと意図して、われわれはここに古今の文芸作品はいうまでもなく、ひろく人文・社会・自然の諸科学から東西の名著を網羅する、新しい綜合文庫の発刊を決意した。

激動の転換期はまた断絶の時代である。われわれは戦後二十五年間の出版文化のありかたへの深い反省をこめて、この断絶の時代にあえて人間的な持続を求めようとする。いたずらに浮薄な商業主義のあだ花を追い求めることなく、長期にわたって良書に生命をあたえようとつとめるところにしか、今後の出版文化の真の繁栄はあり得ないと信じるからである。

同時にわれわれはこの綜合文庫の刊行を通じて、人文・社会・自然の諸科学が、結局人間の学にほかならないことを立証しようと願っている。かつて知識とは、「汝自身を知る」ことにつきていた。現代社会の瑣末な情報の氾濫のなかから、力強い知識の源泉を掘り起し、技術文明のただなかに、生きた人間の姿を復活させること。それこそわれわれの切なる希求である。

われわれは権威に盲従せず、俗流に媚びることなく、渾然一体となって日本の「草の根」をかたちづくる若く新しい世代の人々に、心をこめてこの新しい綜合文庫をおくり届けたい。それは知識の泉であるとともに感受性のふるさとであり、もっとも有機的に組織され、社会に開かれた万人のための大学をめざしている。大方の支援と協力を衷心より切望してやまない。

一九七一年七月

野間省一

講談社文庫　目録

講談社文庫　目録

講談社文庫　目録

瀬戸内寂聴　97歳の悩み相談
瀬戸内寂聴　その日まで
瀬戸内寂聴　すらすら読める源氏物語(上)(中)(下)
瀬戸内寂聴訳　源氏物語　巻一《まきいち》
瀬戸内寂聴訳　源氏物語　巻二《まきに》
瀬戸内寂聴訳　源氏物語　巻三《まきさん》
瀬戸内寂聴訳　源氏物語　巻四《まきし》
瀬戸内寂聴訳　源氏物語　巻五《まきご》
瀬戸内寂聴訳　源氏物語　巻六《まきろく》
瀬戸内寂聴訳　源氏物語　巻七《まきしち》
瀬戸内寂聴訳　源氏物語　巻八《まきはち》
瀬戸内寂聴訳　源氏物語　巻九《まきく》
瀬戸内寂聴訳　源氏物語　巻十《まきじゅう》
瀬尾まなほ　寂聴さんに教わったこと
先崎　学　先崎 学の実況！ 盤外戦
妹尾河童　少年H(上)(下)
瀬尾まいこ　幸福な食卓
関原健夫　がん六回 人生全快
瀬川晶司　泣き虫しょったんの奇跡 完全版〈サラリーマンから将棋のプロへ〉

仙川　環《たまき》　幸福の劇薬〈医者探偵・宇賀神晃〉
仙川　環　偽装診療〈医者探偵・宇賀神晃〉
瀬木比呂志　黒い巨塔〈最高裁判所〉
瀬那和章　今日も君は、約束の旅に出る
瀬那和章　パンダより恋が苦手な私たち
瀬那和章　パンダより恋が苦手な私たち2
蘇部健一　六枚のとんかつ
蘇部健一　六とん2
蘇部健一　届かぬ想い
曽根圭介　沈底魚
曽根圭介　藁《わら》にもすがる獣たち
染井為人　滅茶苦茶
園部晃三　賭博常習者
田辺聖子　ひねくれ一茶
田辺聖子　愛の幻滅(上)(下)
田辺聖子　うたかた
田辺聖子　春情蛸の足
田辺聖子　蝶花嬉遊図
田辺聖子　言い寄る

田辺聖子　私的生活
田辺聖子　苺をつぶしながら
田辺聖子　不機嫌な恋人
田辺聖子　女の日時計
谷川俊太郎訳　和田誠絵　マザー・グース　全四冊
立花　隆　中核VS革マル(上)(下)
立花　隆　日本共産党の研究　全三冊
立花　隆　青春漂流
高杉　良　労働貴族
高杉　良　広報室沈黙す(上)(下)
高杉　良　炎の経営者(上)(下)
高杉　良　小説 日本興業銀行　全五冊
高杉　良　社長の器
高杉　良　その人事に異議あり〈女性広報主任のジレンマ〉
高杉　良　人事権！
高杉　良　小説消費者金融〈クレジット社会の罠〉
高杉　良　小説 新巨大証券(上)(下)
高杉　良　局長罷免─小説通産省
高杉　良　首魁《しゅかい》の宴《うたげ》〈政官財腐敗の構図〉

2024年9月13日現在